Collection folio junior

Jean-Paul Nozière vit en Bourgogne. Il a écrit une trentaine de romans pour la jeunesse, ainsi que huit romans policiers pour adultes (particulièrement la série des *Enquêtes de Slimane*, parue au Seuil, dont 2 titres sur 4 ont reçu un prix du polar).

Un été Algérien, d'abord paru dans la collection Page Blanche, a obtenu le prix Totem du roman décerné par Télérama et le Salon du Livre de jeunesse de Montreuil, ainsi que le prix de la Société des Gens de Lettres.

L'Algérie, la guerre d'Algérie, la perte de la mémoire sont des thèmes récurrents dans ses romans.

Dans la collection Folio Junior, vous pourrez lire aussi : *Dossier Top Secret* (n° 733), *Eldorado* (n° 1003), *Retour à Ithaque* (n° 1053), *Tu vaux mieux que mon frère* (n° 977) ; dans la collection Hors-Piste, *Fin août-début septembre* (parution septembre 2002).

Chantal Montellier, qui a illustré ce livre, est née en 1947 à Bouthéon (Loire). Après la classe de troisième, elle entre à l'école des beaux-arts de Saint-Étienne. Elle obtient en 1969 le diplôme national des beaux-arts (section peinture). Elle est ensuite professeur de dessin à Annecy, à Passy-l'Abbaye, puis à l'université de Paris VIII Saint Denis. En plus de son activité d'enseignante, Chantal Montellier est l'auteur de dessins parus dans la presse et de bandes dessinées. Elle est également peintre et a présenté dix toiles à l'exposition *Jeune Peinture* au Grand Palais en 1972.

Henri Galeron, auteur de la couverture du *Lion*, est né en 1939 dans les Bouches-du-Rhône. Il a deux passions : les jouets mécaniques et la pêche à la ligne. Ce qui ne l'empêche pas d'être un dessinateur aussi talentueux que prolifique. Pour Folio Junior, il a réalisé les couvertures de nombreux livres, parmi lesquels *Les Contes de ma mère l'Oye* de Charles Perrault, *Le Poney rouge* de John Steinbeck ou *Le Chat qui parlait malgré lui* de Claude Roy.

A Zakia
en souvenir de Sétif...

ISBN : 2-07-051410-2
Loi n° 49-956 du 16 juillet 1949
sur les publications destinées à la jeunesse
© Éditions Gallimard, 1993, pour le texte, les illustrations
et le supplément
© Éditions Gallimard Jeunesse, 1998, pour la présente édition
Dépôt légal : avril 2003
1er dépôt légal dans la même collection : décembre 1995
N° d'édition : 124080 - N° d'impression : 63658
Imprimé en France sur les presses de la Société Nouvelle Firmin-Didot

Jean-Paul Nozière

Un été algérien

Illustrations de Chantal Montellier

Gallimard

*Il faut être fou, aveugle ou lâche
pour se résigner à la peste.*
Albert Camus *(La Peste)*

*J' trouve que c'est une victoire,
parce que j'en suis sorti vivant.*
Roland Dorgelès
(Les Croix de bois)

Première partie

5 juillet 1962

Je n'ai plus l'habitude de l'asphalte, du bruit, du mouvement, des odeurs fortes. Par-delà les toits, le soleil se fond dans le blanc du ciel et brûle Alger d'une fournaise moite.

Notre *katiba*[1] est immobilisée depuis plus de deux heures. Le défilé de l'indépendance prend du retard. Médiocre début aurait prédit Djamila la folle, mais Djamila la folle vit-elle encore ? Près de moi, agglutinés derrière les barrières métalliques, les Algérois agitent les drapeaux vert et blanc, marqués du croissant. Les you-yous des femmes couvrent les cris « Al Djezaïr... Al Djezaïr ». Dans ma tête, les hurlements-mélopée se brouillent, je les entends à peine. Je suis épuisé, mes pieds sont à vif dans mes rangers neuves. Il a fallu deux jours de marche forcée afin d'arriver à temps. Pour la première fois depuis quatre ans, je pénètre dans une ville.

« Al Djezaïr... Al Djezaïr... » Les drapeaux verts... les you-yous des femmes... les enfants touchent mon uniforme... « Yaya, moudjahid... Yaya, moudjahid[2] ». S'ils se doutaient... En quatre ans de guerre,

1. Compagnie d'une centaine d'hommes.
2. (Pluriel : moudjahidin) Combattant d'une guerre sainte.

mon premier uniforme, distribué dans la nuit, aux portes d'Alger.

Mon pays est indépendant. Al Djezaïr. Une consonance étrange. Je disais si souvent Algérie.

La foule ondule, peut-être est-ce la fatigue qui abuse mes yeux. Des courants d'air poisseux roulent les papiers sales le long des trottoirs. J'observe le trajet cahotant d'un emballage de cigarettes comme s'il s'agissait d'un spectacle important. Chaussures Bata. Sans cesse, mon regard se pose sur l'enseigne du magasin. Al Djezaïr, chaussures Bata.

Un remous se produit, suivi aussitôt du silence religieux d'un peuple étonné. Puis le murmure, né en bas de 'a rue Michelet, enfle, m'atteint, me submerge bientôt comme le grondement du train d'autrefois. L'hymne algérien :

> *Kassamen binnazileti el mahikat*
> *Oua eddima ezzakiate ettahirat...* [1]

La *katiba* oscille, s'ébranle. Enfin, j'entre au cœur d'Alger. Un délire de joie m'a accompagné. C'est ce qui m'a été rapporté plus tard, car ce jour-là, je n'ai vu que le dos du moudjahid qui me précédait.

Ma guerre, je l'avais gagnée et perdue durant l'été 1958.

---

1. Hymne algérien. Le début dit : Au nom des saintes écritures et du sang fertile et pur, à travers les montagnes sacrées et verdoyantes, nous nous sommes soulevés pour la vie ou la mort, et nous nous sommes juré que l'Algérie serait libre.

Chapitre un

Juin 1958

Ce vendredi était un jour ordinaire. La calèche, tirée par un petit cheval nerveux, sentait le suint. Nous attendions Paul. Chaque matin, il était en retard, parce que la vieille Barine serinait sa longue liste de recommandations inutiles. A cette heure de la journée, la ferme était paisible. C'était un assortiment de constructions disparates, disposées en carré approximatif. Seul le bâtiment principal, aux tons roses, avait une certaine allure mais, à l'extérieur du quadrilatère, le hangar métallique accolé à l'aile ouest saccageait la vue d'ensemble. Les cigognes, revenues avec l'été, se perchaient sur les toits, d'où elles nous considéraient avec indolence.

Assis sur le siège avant, à côté de Lakdar, j'observais à travers le portail l'ocre brune des collines, rayée des traits plus sombres des vallons. L'épaisseur du porche ne libérait que des éclairs de blés et d'orges mûrs. J'aimais l'instant du départ, promesse d'inconnu, certitude toujours démentie que des événements extraordinaires se préparaient. Jamais je n'adressais la parole à Lakdar et il conservait le même silence. Il me détestait. Conduire Paul au lycée était une occupation honorable, mais que je fasse partie du convoi le chiffonnait. Aussi, lorsque les travaux de la ferme exigeaient ma présence dans les champs, il affichait un sourire narquois et assaillait Paul d'une hypocrite amabilité.

Monsieur Edmond s'approcha du pas traînant de ses chaussures délacées. Il était toujours mal fagoté, mal rasé, avec des allures de pauvre et, lorsque sa mère soulignait son laisser-aller, il s'irritait.

— Quand je jouerai les gandins, j'ouvrirai une boutique rue d'Isly, à Alger.

Il caressa l'encolure de Pacha, cracha sa cigarette qu'il écrasa avec un soin excessif.

— Lakdar, attention... Le dernier jour, ce serait trop bête...

Il s'interrompit, parut mécontent de ses propos. Ses chaussures griffaient la terre battue, dessinant un lacis de figures géométriques autour du mégot réduit en poussière.

— Les moissons commencent, tu sais ce que cela signifie ?

D'un imperceptible mouvement de menton, Lakdar montra le fusil appuyé à la banquette.

— Oui... oui..., dit M. Edmond, n'empêche, veille sur les gosses, à quinze ans ils sont des proies si faciles... Ah, au retour, jette un coup d'œil au Fergusson[1], les pignons sont grippés.

Lakdar s'agita. Sous le turban, dont l'extrémité tombait en suivant la ligne du cou, le visage se détendit. Non seulement il nous conduisait chaque matin au lycée, mais il était aussi le mécanicien de la ferme. Ses capacités lui conféraient un statut particulier dont il abusait : il se voulait mécano, tout autre travail

1 Tracteur.

était méprisable et il s'en acquittait le plus mal possible.

Les inquiétudes de M. Edmond me semblaient exagérées. Nous avions l'habitude de nous rendre chaque matin à Sétif et d'en revenir chaque soir, sous la protection du fusil de Lakdar. D'ailleurs, à l'approche des moissons, les Jeep de l'armée patrouillaient de façon quasi permanente.

A ma grande surprise, M. Edmond contourna la calèche et vint près de moi. Les traces de son anxiété avaient disparu et un sourire jovial lui donnait l'air bienveillant. Dans son pantalon trop large d'où dépassait une ceinture de flanelle il ressemblait au clown du cirque Freddy.

– Content, Salim, d'en terminer avec le lycée ?

La question me dérouta. M. Barine ne me parlait jamais d'école. En outre, être heureux d'un événement désagréable était stupide. J'adorais le lycée. Étudier du matin au soir, la vie entière, me paraissait une ambition féerique.

– Bien sûr, tu préfères la ferme à toutes ces leçons, poursuivit M. Edmond, mais dis-toi qu'un peu d'instruction ne fait pas tort.

Je vis son embarras à son élocution empruntée, à ce geste agaçant qu'il avait de remonter sans cesse son pantalon. Pourtant, malgré ce comportement bizarre, je ne soupçonnais rien d'inamical. Après tout, il abordait un sujet peu familier. D'ailleurs j'éprouvais une gêne comparable. Du haut de mon siège, je dominais le crâne dégarni de M. Barine et les taches brunes que ma sœur Latifa baptisait « les cacas de mouche ». Il n'espérait pas de réponse, monologuait une réflexion brouillonne le conduisant Dieu sait où.

– Il est vrai que les trajets sont pénibles... mais les mauvais moments ont aussi leur fin.

Paul quitta la Maison Rose à l'instant précis où M. Edmond relevait enfin la tête. Je rencontrai ses magnifiques yeux gris, leur transparence si étonnée de découvrir la banalité de la vie.

– Salim...

Les jérémiades de la vieille Mme Barine, accourant aux trousses de son petit-fils, interrompirent les confidences.

– Mais oui, grand-mère, répétait Paul, tu me le serines vingt fois par jour.

Il grimpa derrière moi, sur le siège de moleskine, me tendit sa serviette d'écolier afin que je la range à mes pieds.

– Prends garde, geignait la vieille femme, la période des récoltes LES énerve. La semaine dernière, près de Saint-Arnaud, ILS ONT BRÛLÉ la ferme Lucas !

Elle criait certains mots à la cantonade, jetant en un geste de défi son menton vers l'avant. Puis, sans transition, elle apostropha son fils de cette voix rêche qui figeait les ouvriers de la ferme.

– C'est de ta faute, aussi ! Si Lakdar conduisait la Dauphine, Paul courrait moins de dangers. Huit kilomètres en calèche, quelle sottise !

M. Edmond leva les yeux au ciel.

– L'éternel refrain ! Qui paiera l'essence ? Et les pneus ? Deux kilomètres de pierrailles avant de rejoindre la nationale, ça signifie un train bouffé chaque année Rockefeller, c'est la porte à côté !

La vieille Mme Barine lâcha une plainte aiguë qui terrifia les chiens tapis sous la calèche.

– Edmond ! La sécurité de mon petit-fils passe avant TES SOUS !

Son mépris cinglant s'attarda sur les mots pendant qu'elle détaillait la tenue vestimentaire de son fils.

– Maman, je t'en prie ! Le coin est calme, les fellagha ne sont pas idiots : la région grouille de militaires.

Mme Barine agita ses doigts grassouillets surchargés de bagues.

– Poupoupou... les soldats ne pensent qu'à rentrer chez eux, tu le sais fort bien. Leur sacro-sainte... comment disent-ils ? ah oui, QUILLE... ils tueraient père et mère pour ça...

Son index désigna le dos de Lakdar.

– Je n'ai qu'une confiance limitée.

– Maman !

– Oh, toi, tu sourirais au Diable. Que cela te plaise ou non, j'ai mis dans le cartable de Paul le pistolet de son grand-père et, si par malheur...

Soudain, elle parut découvrir ma présence. Lakdar et moi n'étions que des morceaux de bois mort. Je redoutais la grand-mère de Paul plus que les prédictions funestes de Djamila la folle parce qu'elle détestait les Arabes et que chacun de ses regards était une insulte. C'était une grosse femme dont la graisse étouffait le cœur mais, malgré l'âge et l'embonpoint, elle conservait une démarche alerte et un dynamisme étonnant. Ses robes amples, aux couleurs gaies, virevoltaient comme celles d'une jeune fille. Personne ne s'avisait de l'appeler autrement que Madame Barine. Elle me toisa comme si j'étais un cheval boiteux.

– TOI, Salim, ils ne te toucheront pas, mais qu'ILS ne s'avisent pas d'approcher Paul !

Qui mettait-elle en garde ? Moi, plus que les *djounoud*[1], certainement.

1. Soldats (au singulier, un djoundi).

M. Edmond se plaça en écran, devant elle.

– Partez maintenant, sinon vous serez en retard.

Paul se pencha, embrassa son père. Il n'avait pas prononcé un mot durant la querelle, mais je le savais vautré sur la banquette, affectant cette sorte de nonchalance ironique qui le tirait des situations délicates.

Lorsque Lakdar leva les rênes, ses mains tremblaient imperceptiblement. Je fus le seul à m'en apercevoir. Il y avait maintenant six ans que notre trio accomplissait l'irritant trajet séparant la ferme de Sétif, et, malgré ses silences, Lakdar était comme un livre ouvert. Du moins, je le pensais. La calèche s'engagea sous le porche.

– Salim !

– Ho ! Pacha. Ho ! fit Lakdar, tirant les rênes d'un coup sec.

M. Barine vint jusqu'à nous.

– Salim, ce soir je t'attends à la Maison Rose, avec ton père. Il est prévenu, il quittera les champs dès ton retour du lycée. Nous avons à parler.

Il frappa d'une grande claque la croupe de Pacha.

Que m'importaient les récriminations de la vieille Mme Barine ! L'arme de Paul valait-elle mieux que les rites magiques de mama Khadidja ? Chaque matin, avant mon départ, elle jetait aux Invisibles quelques pincées de couscous à gros grains, pour la baraka. Bien sûr, je ne croyais pas vraiment aux filtres dont mama Khadidja abusait afin de protéger notre famille. Il me suffisait d'écouter. Mohand écrasé par le tracteur. Ramdane, dont le cercueil était revenu de France, à bord du *Ville d'Alger*. Et mon cousin Mokhtar, dont personne ne citait plus le nom.

Tant d'autres, poussés dans la fosse du malheur. Mais, qui peut se vanter de savoir? La menace de Djamila la folle me poursuivait.

– Ton fils Salim aura un effroyable destin, avait-elle prédit à ma mère.

Personne ne se moquait des sentences de Djamila la folle. J'y pensais tout le long du trajet. Paul se taisait. Il songeait peut-être à l'obstination avec laquelle sa grand-mère gâchait chaque journée. La calèche cahotait sur la piste pierreuse pour rejoindre la nationale. Les premières moissonneuses, coccinelles rouges ou vertes, grignotaient l'infini des Hautes Plaines. Nous traversions les terres de M. Bellini, colon fortuné, que personne ne rencontrait jamais car il résidait à Alger. Les parcelles de M. Barine, plus modestes, se dispersaient un peu partout, certaines à proximité de Chasseloup-Laubat. Déjà, quelques Jeep de l'armée surveillaient les récoltes par des rondes de plus en plus fréquentes. Des militaires étaient aussi en faction dans les champs et, lorsque nous les croisions, la plupart ne jetaient pas même un regard. Le pistolet mitrailleur coincé entre les cuisses, ils fumaient, buvaient de la bière malgré l'heure matinale, ou dormaient parfois sous les chariots de paille. Vigies dérisoires attendant la relève. Lakdar saluait avec application chaque groupe de soldats mais, si quelques-uns levaient une main blasée, peu répondaient. Jamais Lakdar ne s'adressait aux ouvriers agricoles. Un rapide coup d'œil identifiait les uns des autres, qui suffisait. Le soleil brûlait la peau, la poussière gênait la respiration, l'économie des gestes et des mots rythmait un travail lent et pénible.

Soudain, Paul sortit de sa torpeur

– S'échiner sur des terres si pauvres est tout simplement ridicule ! Tu te souviens, Salim, des cours du prof de géo ?

– Non... non, je ne vois pas.

Je mentais. Je me rappelais chaque minute de chaque leçon. M. Sirmain nous racontait avec passion un ailleurs fascinant. Je préférais cependant écouter les arguments de Paul.

– Un paysan américain nourrit à lui seul douze personnes. Comme des idiots, nous grattons un sol qui ne nourrit même pas les habitants d'Algérie.

– Tu proposes d'abandonner le pays aux chardons et de construire des ports pour les bateaux yankees ? Dans tout ça, que deviennent nos parents ?

– Il y a plein de choses à faire en Algérie, ils se débrouilleront, dit Paul.

Je mis plus d'amertume que je ne le désirais dans ma réplique.

– Les tiens, sûrement ! Tayeb serait docker et porterait les sacs de blé américain...

Je savais que je blessais Paul, pourtant je poursuivis sur cette voie.

– La terre t'appartient ? insinuai-je de façon assez hypocrite.

– Oui, les trois cents hectares seront à moi, mais je vendrai tout ! lança-t-il avec une détermination provocante.

Puis, il se tut, plongé dans des pensées qui ne me concernaient plus. A mes côtés, je devinais Lakdar attentif. La manière de tenir les rênes. Le corps ramassé. Le visage moins dédaigneux, comme s'il oubliait l'antipathie que je lui inspirais. Lakdar ne perdait pas une miette de nos conversations. Je me demandais souvent pourquoi il s'intéressait tant aux parlotes de deux adolescents de quinze ans, sans jamais émettre le moindre avis. Lakdar était comme un puits qui ne restitue jamais ce qu'il reçoit.

Nous roulions maintenant sur la route asphaltée. La calèche avançait vite, le minuscule Pacha levait une queue d'étalon de Grand Prix.

– Donne ma serviette ! dit Paul.

Il prit le pistolet que sa grand-mère y avait fourré, une arme à barillet, d'un métal noir étincelant.

– Un Victoria anglais, mon p'tit père !

Il présenta le pistolet, au-dessus de mon épaule, actionnant le barillet chargé sous mon nez.

– Ben quoi, tu es jaloux ?

Une lueur étrange animait ses yeux, d'un vert pâle semblable à celui du blé en herbe. Espérait-il une dispute ? Lakdar serrait les rênes contre son ventre et fixait l'arrière-train de Pacha. Paul me décocha une bourrade énergique qui me projeta contre le cocher. Il maugréa un « hon » rugueux sans toutefois perdre de vue le fessier du cheval.

– Tu sais, Salim, si tes copains du F.L.N. [1] me cherchent, je me servirai du flingue.

Il précisa aussitôt son bluff en visant les ouvriers agricoles dans les champs et braillant : « Bang, en pleine tête, bang, l'épaule fracassée, bang... merde, celui-ci se planque, raté. »

J'étais consterné, humilié. Je connaissais la plupart de ces hommes qui relevaient à peine la tête.

– Paul, arrête !

– Bang, en plein cœur !

1. Front de libération nationale. Il fut le moteur de la lutte pour l'indépendance de l'Algérie (1962).

— Je n'ai pas de copains au F.L.N., dis-je d'une voix blanche.

— Quand tu t'y mets, quelle chochotte ! Si on ne peut plus rigoler ! On est frangins après tout !

— Frangins ?

Je sentis le souffle de Paul sur mon cou.

— Je n'oublie pas que j'ai traîné plus souvent dans les jupes de mama Khadidja que dans celles de ma mère. Mon p'tit père, je te connais comme ma poche.

Il rangea l'arme. Je pensais ne plus entendre le son de sa voix avant notre retour du soir. Au lycée, il m'adressait rarement la parole, je faisais de même. Dès notre arrivée, il rejoignait les autres Français, alors que je m'agrégeais au mince groupe de musulmans. A l'entrée de Sétif, il y eut un contrôle d'identité. Les C.R.S. me fouillèrent, ainsi que Lakdar. Paul considéra la scène avec indifférence.

J'espérais m'introduire dans la Maison Rose, grimper les escaliers qui menaient aux pièces dont les volets étaient toujours tirés, mais M. Barine nous accueillit dans la cuisine. Il interpréta mal ma déception, fit un sourire engageant.

— Il n'y en a pas pour très longtemps, Paul t'attendra un peu, voilà tout.

Je préférais la pénombre de la salle à manger, ses murs tendus du pourpre des tapis des Aurès, ses meubles cirés et clos dont certains enfermaient une vaisselle magnifique. Même épuisée, au lendemain d'une réception qui l'avait tenue éveillée une partie de la nuit, mama Khadidja en parlait avec envie. Le tintement du cristal l'émerveillait. Comment nous le faire entendre ? Elle avait bien rapporté un verre –

brisé exprès, estimait Zohra — mais des débris ne s'échappait aucune musique. Les occasions de pénétrer dans la pièce principale étaient rares. En revanche la cuisine était ouverte au personnel de la ferme. Chacun entrait s'y désaltérer, prendre un morceau de pain, un fruit.

— *Ouach ra'ak*[1], dit M. Edmond. *Labès*[2] ?

— *Msa el kheir*[3]... *labès, labès... chouia...* répondit mon père, en portant la main sur son cœur, une légère inclination de tête accompagnant le salut.

Ce serait les seuls mots arabes utilisés. M. Barine parlait correctement notre langue et l'employait dans les champs, lorsqu'il s'adressait aux ouvriers agricoles temporaires et aux nomades de l'*achaba*[4]. L'usage de l'arabe était proscrit à l'intérieur de la ferme. La décision était le fait de la vieille Mme Barine qui tançait vertement les oublis et clamait haut et fort sa position de maîtresse de maison.

— Ici, je suis chez moi, pas dans le village nègre !

Ce genre de sorties alimentait les rares crises de fureur que s'offrait M. Edmond. Il claquait les portes, ne se rasait plus du tout, quittait la ferme à l'aube et ne rentrait qu'à la nuit. Toutefois, il ne résistait qu'un jour ou deux aux méchancetés de sa mère.

— Comment se porte Si Ahmed ? demanda M. Barine en s'asseyant derrière la table submergée de papiers.

— Une fois comme ci, une fois comme ça, répondit mon père de sa voix paresseuse.

— Il parle toujours aussi peu ?

1. Comment ça va ?
2. Ça va ?
3. Bonsoir.
4. Transhumance des troupeaux du sud vers le nord.

– Pourquoi il parlerait, tu ne lui donnes pas de travail ? Il se mange le cerveau à tourner en rond et à rester avec les femmes.

M. Edmond grimaça un sourire de circonstance.

– Voyons, Ahmed est trop vieux... Enfin, je ne t'ai pas demandé de passer à la Maison Rose pour discuter d'un emploi...

Il fourragea nerveusement dans ses papiers, puis repoussa le tout comme si les ranger l'exaspérait.

– Ma femme n'a que ça à faire de la journée et elle le fait mal ! Bon, abordons le chapitre des moissons.

Pourquoi étais-je là ? J'avais l'air idiot, derrière mon père. J'observais son dos cassé d'homme à tout faire et j'étais mal à l'aise. J'ignorais son âge. Il n'avait plus d'âge, sinon dans ses yeux lorsqu'il me quittait le matin et qu'il était fier de son dernier fils. Il avait le grade de contremaître ; ce qui ne le dispensait nullement des tâches quotidiennes des autres ouvriers. Ses journées étaient interminables car il était responsable des six hommes que M. Barine employait sept jours sur sept.

– Tayeb, je compte sur toi pour le ravitaillement des soldats sur nos terres. J'exige qu'ils soient satisfaits de la manière dont on les reçoit.

M. Edmond chuintait les mots entre ses lèvres fines surmontées d'une moustache clairsemée. On aurait dit qu'il s'appliquait. Soudain sa voix prit de l'aplomb.

– Les petits gars arrivent de France, la mort dans l'âme, je veux qu'ils aient une bonne impression et qu'ils repartent d'Algérie, la mort dans l'âme. Faute d'effectifs suffisants, le colonel Boissy n'est pas certain de tenir partout jusqu'à la fin des moissons.

23

Soyons à la hauteur et, au moment du choix, le contingent votera Barine. Sinon c'est Bellini qui raflera la mise.

— Oui, monsieur Edmond.

— Dès cette nuit, trois hommes monteront la garde au-dessus du pigeonnier. Avertis le personnel : couvre-feu de vingt-deux heures à cinq heures. Si quelqu'un sort pisser, il hurle son nom ainsi que le numéro de code que j'attribuerai à chacun. Insiste là-dessus, une rafale part vite.

— Oui, monsieur Edmond.

— Pense surtout à la boisson. Dans les champs, un peu de bière mais, à la ferme, uniquement de l'eau. Je ne tiens pas à ce que les petits gars roupillent.

— Ouï, monsieur Edmond.

Pourquoi, ce jour-là, la servilité de mon père m'apparut-elle si révoltante ? Il se conduisait comme d'habitude. Sa façon de se tenir de biais, à demi tourné vers la sortie, m'exaspérait. Il acceptait d'emblée le rôle effacé d'ouvrier modèle. Oui, monsieur Edmond. Oui, monsieur Edmond. En outre, l'attitude du père de Paul m'intriguait. Il utilisait un ton trop incisif, laissait Tayeb debout, et n'offrait pas le thé, ainsi qu'il en avait l'habitude lorsqu'il répartissait l'ouvrage du lendemain.

— Tayeb, où crois-tu que les événements conduiront le pays ? Que dit-on autour de toi ?

Mon père affronta la question.

— Rien de bon, patron, tu sais, les jeunes ne pensent pas comme nous.

Il écarta le désagréable sujet d'un vaste geste du bras.

— A quoi sert d'imaginer le destin, on le rencontre toujours assez tôt.

M. Barine médita un instant ce fatalisme rusé. Je crois qu'il observait mon père et cherchait à déceler ses opinions. Il lissait ses rares mèches, presque une à une : le doute ternissait son regard. Il donnait l'impression d'un homme las, prêt à tout lâcher. Nous retenions notre respiration, tant chez lui le découragement était rare. La terre était la racine de sa vie.

— Tu sais que maintenant le général de Gaulle gouverne la France ? lança-t-il brusquement.

— Oui, monsieur Edmond.

— Tu connais le général de Gaulle ?

Mon père s'offusqua.

— J'ai fait la guerre, monsieur Edmond !

— Ah oui, j'oubliais, mon pauvre Tayeb. Les événements me tourneboulent la tête. Tu aimes le général de Gaulle ?

— Eh, pourquoi pas ? s'étonna mon père. Il est un grand soldat et, si tu l'aimes, je l'aime aussi.

M. Barine interrompit le manège de ses doigts.

— Tu t'en fous, hein ? Lui ou un autre... Ne t'intéressent que ta famille, ton boulot, ta bicoque. Le reste...

Tayeb se taisait, attendant que l'orage s'éloigne. Je me répétais mentalement, de plus en plus vite : « Il va claquer la porte ; si on le rappelle, il ne reviendra pas. » Puis mon regard rencontra la colère de M. Barine et je baissai la tête.

— A Alger, le 4 juin, de Gaulle a dit que l'Algérie demeurerait française et elle le demeurera, Tayeb, sois-en convaincu ! Ma famille est implantée dans ce pays depuis 1848 et...

M. Edmond s'ébroua et se leva.

— Oh ! merde, pourquoi je te raconte ça, hein ? Au fond, tu penses comme moi, n'est-ce pas, Tayeb ?

– Oui, monsieur Edmond.

Mon père s'en allait mais M. Barine le retint par la manche de chemise.

– Une minute, Tayeb.

Il se racla la gorge, me désigna d'un discret mouvement de l'index.

– Cela concerne aussi Salim.

Une certaine tension s'installa : nous savions tous que commençait enfin la véritable discussion. M. Edmond alla droit au but, m'assommant littéralement sous le coup de la nouvelle.

– L'année prochaine, Salim n'ira plus au lycée.

Je pâlis. En quelques mots, la prédiction de Djamila la folle me rattrapait.

– Pourquoi ? interrogea posément mon père.

– J'ai besoin de lui à la ferme.

– A l'école, Salim travaille bien : laisse-le, je ferai double tâche ici.

– Tu ne comprends pas, Tayeb. J'emploie ta famille parce que tu es sérieux, fidèle aussi, qualités rares de nos jours.

Il me semblait qu'il tapotait l'épaule de mon père, mais ma vue brouillée discernait à peine les contours mouvants de la pièce. J'allais vomir. Je devais absolument m'asseoir. Par quel miracle ne fis-je ni l'un, ni l'autre ? Au contraire, un double de moi-même s'accrochait à la conversation, aux mimiques de Barine, au visage maintenant perdu de Tayeb.

– Et j'ai besoin de ta famille entière. Certes, Zohra aide Khadidja à la Maison Rose, mais Farroudja, Latifa et Si Ahmed sont inutiles. Six bouches pleines, trois qui travaillent.

– Elles aideront si je commande, dit doucement mon père.

– Non, il ne s'agit pas de ça. Je veux former un homme qui dirigera la ferme : quelqu'un d'instruit, capable au besoin de me remplacer, une sorte de régisseur, tu comprends ? Plus tard, je me rendrai souvent à Alger, je vivrai quelques jours par mois là-bas, surtout si Paul s'y installe. De toute manière, lorsque...

Il hésita, puis cracha les mots avec dégoût.

– Eh bien, oui, lorsque ma mère sera morte et quand ce foutu métier m'aura transformé en impotent, je ne vais pas crever ici tout seul ! Cela se produira, n'est-ce pas ?

– Oui, monsieur Edmond, mais...

Je n'entrerais pas en seconde, au lycée Albertini. Je ne poursuivrais pas mes études. Pourquoi ?

POURQUOI ?

DE QUEL DROIT ?

Je hurlais des questions qu'ils n'entendaient pas. Ils étaient complices.

– Enfin, Tayeb, ton fils est assez instruit. Tu oublies vite qu'il est allé au lycée grâce à mon intervention. Les critiques n'ont pas manqué dans la région. On disait que je formais les futurs cadres du F.L.N.

M. Barine dévisageait sévèrement mon père qui avait capitulé. Il reculait vers la porte sous la poussée insistante de son patron.

– Ah, si deux de tes fils ne vivaient pas en France, les choses s'organiseraient autrement...

Ils s'arrêtèrent sur le seuil. M. Edmond tapota encore l'épaule de mon père. Devina-t-il une réticence ?

– Vois-tu, Tayeb, si je ne pouvais pas employer

Salim, je devrais embaucher une autre famille, complète celle-ci, avec un jeune garçon instruit, disponible. Ici, n'existe qu'un seul logement convenant à une famille et il te faudrait partir. Que dirait Khadidja ?

– Bien sûr, monsieur Edmond, admit piteusement mon père.

La discussion était terminée. Tayeb rechaussa ses Pataugas poussiéreux abandonnés à l'entrée. On ne m'avait rien demandé, je n'avais rien à dire. Un fils n'exprime son opinion que si son père l'y autorise. Or, non seulement il ne me regardait pas, mais jamais il n'aborderait le sujet. J'avais envie de pleurer. De boxer le sourire embarrassé de M. Barine.

– Salim débutera après la moisson, précisa-t-il. J'augmenterai ton salaire d'une nouvelle part, cela va de soi.

– Merci, monsieur Edmond, dit mon père.

Paul m'attendait à proximité des bâtiments où logeaient les ouvriers agricoles. Le hululement de la chouette. Notre signal.

– Que te voulait mon père ?

La honte et la colère se mêlaient en moi comme les eaux de deux oueds, l'un de plaine, l'autre de montagne. J'évitais le regard de Paul tant je craignais y lire la trahison.

– Fini... c'est fini.

– Qu'est-ce qui est fini ?

– Le lycée. A la rentrée, je travaille à la ferme, tu iras seul en seconde au lycée Albertini.

– Quelle connerie ! lâcha Paul, dépité.

Un espoir dérisoire m'envahit. Paul. Paul changerait le destin. Fils unique adulé de sa grand-mère, il obtenait l'impossible. Une prière de ma part et M. Barine céderait.

– Paul ?

Le silence de l'humiliation. La certitude du tremblement de ma voix. De mes épaules affaissées. De ma tête demi-penchée. Tayeb... je suis Tayeb.

– Quoi ?

– Rien.

– C'est certainement un coup de ma grand-mère, assena Paul.

Il hésita, poursuivit, l'air dégoûté :

– L'année prochaine, je me paierai le trajet en solitaire : quelle barbe !

Lakdar passa à proximité, chargé des seaux d'aliments pour volaille. Paul considéra les petits tas de grain répandus dans la cour au gré des secousses d'une marche volontairement heurtée, puis, parce que la présence de l'ouvrier rappelait la calèche, ajouta :

– On me conduira en Dauphine... La vieille sera trop contente de triompher. Finalement, tu es veinard, plus de travail le soir, plus de notes, plus de soucis. La vie rêvée.

Je traversai la cour en diagonale. Il ne vit ni mon visage défait, ni l'éclat de mes yeux. Je découvrais la haine, une haine intense. Je me réfugiai à la maison, bâtiment de parpaings blanchis à la chaux, posé à l'angle ouest de la ferme. J'y serais tranquille. Mon père rangeait les outils dans les remises, mon grand-père Si Ahmed jouait aux dominos et ne rentrerait que peu avant le couvre-feu.

La maisonnée connaissait la nouvelle.

– Bien fait, jugea Farroudja, moi et Latifa on va pas à l'école, pourquoi t'irais ?

Les deux idiotes se vautraient par terre sur les nattes déroulées. Zohra resta silencieuse. A dix-sept ans, elle ne savait ni lire ni écrire et espérait tout de moi. Je crois qu'elle imaginait un bachelier comme un prince des *Mille et Une Nuits*. Je la décevais. Elle m'évitait, cherchait mes responsabilités. Quant à mama Khadidja, elle m'entraîna dans la seconde pièce, tira la porte sur les criailleries de mes sœurs.

– Parle, Salim.

Ma rage éclata, libérant enfin la violence bienfaisante des mots. L'injustice. Au lycée, je réussissais mieux que Paul. On me retenait prisonnier à la ferme. Esclave. J'étais un esclave. Je ne voulais pas travailler dans les champs, comme Tayeb, Lakdar, tous les autres. Je ne voulais pas être vêtu d'oripeaux. Ni de vêtements donnés. Les pantalons de Paul. Je ne voulais pas répéter toute ma vie « oui, monsieur Barine ». Je ne voulais pas. Mama Khadidja laissa ma hargne s'épuiser. Elle écoutait toujours ses enfants, contrairement à mon père qui ne tolérait que les réponses aux questions posées. Malgré le soulagement des mots, vint le moment où j'admis enfin l'inutilité de ma révolte.

– Salim, notre vie présente est ainsi, dit mama Khadidja. Nous travaillons au service des chrétiens, ils font ce qu'ils désirent faire. Depuis que monsieur Barine te permettait d'aller à l'école, tu l'avais oublié, pourtant tu ne dois jamais l'oublier.

Mama Khadidja se tut. Assise en tailleur derrière la table à thé, sa longue robe constantinoise creusée entre les cuisses d'une poche profonde d'ombre douce, elle ne tendra pas la main, n'approchera pas, ne me touchera pas.

– Peut-être es-tu différent de Tayeb, poursuivit mama Khadidja. Si tu l'es, prends patience et, lorsque le jour viendra, suis ton chemin.

Elle m'observait, sans trace d'émotion, lisse comme le bois de l'olivier. J'avalai ma salive au goût de bile.

– Je t'avais promis d'obtenir le bac. Comme Paul.

– Paul est le fils de monsieur Edmond. Ta promesse était orgueilleuse. Tu es instruit... le seul de la famille, même si ton grand-père connaît par cœur le Coran. Apprends à tes sœurs tout ce que tu sais. Pour le reste, confie ton destin à Dieu.

Mama Khadidja se redressa d'une poussée des talons, elle me frôla, sa robe caressa mes jambes.

– Tu es notre seul fils, Salim, puisque Dieu a voulu que Saïd et Mouloud nous abandonnent. Prends garde à toi. Prends garde à nous.

Ses pieds nus, teints d'un henné très rouge, glissaient sur le carrelage grossier. Elle quitta la pièce par la porte qui ouvrait sur la minuscule cour, close d'un paravent de roseaux.

La nuit tombait. Seule la Maison Rose disposait de l'électricité du groupe électrogène. Nous allions manger, étendre les nattes, dormir, les hommes dans une pièce, les femmes dans l'autre, selon l'immuable routine que la présence des soldats, au-dessus du pigeonnier, troublerait à peine. J'aurais dû ne penser qu'au lycée Albertini, mais c'étaient les pieds de ma mère qui m'obsédaient. De larges pieds rouges se mouvant dans l'ombre de la pièce. Je ne parvenais pas à chasser cette image et, bientôt, un souvenir du passé me submergea : Paul ; à dix ans, Paul était amoureux de Zohra. Il rôdait autour de la maison, entraînant ma sœur dans ses jeux, dévastant pour elle les massifs de bougainvillées. Lorsque vint l'Aïd-el-Kébir, Zohra se para du henné si rouge que préparait mama Kha-didja. Vêtue de sa splendide robe d'organdi, elle alla à la recherche de Paul. Nous étions ensemble, derrière une levée de terre, visant de nos lance-pierres les tuiles de la Maison Rose. Elle s'agenouilla dans la poussière.

– Regarde comme je suis belle.

Paul la repoussa en hurlant.

– Je déteste le sang de tes mains !

De ce jour, cessa sa passion.

Chapitre deux

Dépêche de Constantine, 7 juillet 1958.
Selon la météorologie, notre été algérien s'annonce particulièrement chaud. Un été propice au farniente, sur nos si belles plages. A condition, toutefois, que la rébellion observe la trêve estivale et n'amène pas le chagrin à la place de la joie. Espérons. L'été algérien peut être si magnifique...

Mon été algérien avait un goût amer. Habituellement, durant la moisson, M. Barine m'employait, mais sa générosité me coûtait cher. Un mois de vacances contre ma vie. Parfois, Paul m'entraînait le long de la voie ferrée. Nous bombardions de pierres les wagons qui évacuaient le minerai du djebel Guetar et comptabilisions nos scores. Depuis quelque temps, exercer nos talents devenait dangereux. Une draisine armée d'une mitrailleuse passait avant la locomotive et des soldats accompagnaient le convoi. Une fois, l'un d'eux répondit aux cailloux qui frappaient le métal par une rafale de mitraillette tirée à l'aveuglette. Paul hurla des injures jusqu'à la disparition du train entre les collines bleutées.

Ce 7 juillet, alors que nous nous promenions le long de la voie, il s'étendit entre les rails.

– Que fais-tu ?

– Moi, Grand Paul Agile avise Petit Salim Teigneux que Cheval de Fer approche. Hugh ! Toi, préparer munitions, moi donner toi leçon d'adresse.

Je souriais du bout des lèvres, sélectionnant mes pierrailles avec une application feinte.

– Tu en tires une gueule ! Cabosser des wagons, il n'y a pas de quoi se rouler de rire, d'accord ? Propose autre chose, j'écoute !

Paul avait déjà oublié la décision de son père. Auprès de moi, il tuait le temps, rêvait d'août, de son départ au bord de la mer, près de Bougie. Le lycée Albertini n'était qu'un vague souvenir qu'il s'empressait de gommer, jour après jour.

– Franchement, si tu t'obstines ainsi, juillet promet !

Soudain, il éclata de rire.

– Ou alors, prête-moi Zohra au lieu de la tenir enfermée. Ta frangine, je l'ai à l'œil quand elle fait le ménage à la Maison Rose. Elle est plutôt gironde, pourquoi ne sort-elle pas avec nous ?

Je rougis. Je ne pouvais pas m'empêcher de rougir. Depuis peu, il multipliait les plaisanteries lestes au sujet de Zohra. Je l'aurais volontiers giflé, mais il était plus fort que moi et, si nous nous étions battus, la vieille Mme Barine ne me l'aurait jamais pardonné.

Je jouai donc l'indifférence et, du reste, le train approchait. La locomotive poussait devant elle une longue draisine aveugle, engin aux contours blindés, doté à l'avant d'une puissante lame d'acier. Il n'y avait ni soldats, ni mitrailleuse.

– Les bidasses sont en grève, aujourd'hui ? lança Paul.

– C'est à cause des sabotages. Si une bombe est posée sur la voie, la draisine saute d'abord et protège le train.

– Les sabotages ?

Livrer mes informations m'ennuyait mais je le fis cependant, avec une sorte de satisfaction mauvaise, parce que Paul m'écoutait à peine.

– Hier, les soldats ont dit à ton père que, près de Constantine, la locomotive avait sauté sur une mine : trois morts.

– Les porcs ! Saboter la voie ferrée, quel courage !

Assis auprès de son amas de cailloux, il surveillait le convoi poussif qui grimpait une légère rampe. La crainte de l'attentat réduisait encore la vitesse de la locomotive.

J'imaginais la draisine rampant vers la bombe. La roue broyant le détonateur. L'explosion et l'enchevêtrement de la ferraille. Je ne ressentais pas plus d'émotion que si la déflagration avait lieu sur la lune.

Le train disparut sans que nous ayons vérifié notre adresse. A mon tour, je m'étais assis, légèrement à l'écart. Paul jetait machinalement ses pierres dans la ravine en contrebas. L'évocation de l'attentat suscitait sa rancune, comme si j'étais responsable des trois victimes. Son silence accusateur m'exaspérait. Je voulus le provoquer.

– As-tu remarqué la vitesse ridicule du convoi ?

Un énorme projectile atterrit à mes pieds.

– Ah ouais ? Captivant !

– Demain, je grimpe en marche et je vais à Sétif.

Paul me dévisagea avec hargne.

– Tu n'es pas un peu malade ? Te faire écrabouiller t'excite à ce point ?

– S'ennuyer à la ferme t'excite à ce point ? En tout cas, j'essaierai.

– Tu reviendras comment ?

– A pied. Huit kilomètres, ce n'est pas grand-chose... moins que seize de toute manière.

– Ah... ah... ah... très drôle !

– Si je réussis, je le ferai à chaque convoi du matin.

Paul, concentré sur sa réserve de cailloux, visait un géranium rabougri accroché au remblai de la voie ferrée.

– Les fellouzes[1] sont des salauds ! dit-il avec violence. Plus tard, tu deviendras fellouze ? Et Tayeb ? Tu me jetteras hors de chez moi ? de mon pays ? Peut-être me couperas-tu les couilles, à la mode fellagha ?

Ma respiration s'arrêta. La peur coulait dans mon ventre, descendait le long de mes jambes molles. Mon visage cherchait le soleil dont je ne sentais plus la bienfaisante brûlure. Les larmes trop proches m'empêchaient de dire les mots que Paul attendait. Pourquoi n'ai-je pas pu ? Pas su ? Pas voulu.

Comme pris de remords, Paul se réfugia dans l'humour.

– Paul Barine face à Salim Bellilita. L'affrontement des Horaces et des Curiaces.

Il se leva, épousseta son short sali de poussière rouge.

– En attendant ce jour funeste, comme l'écrirait Racine, tu es mon copain. L'unique copain dispo-

1. Fellagha.

nible dans le coin, alors tes projets de suicide me concernent. Si tu grimpes dans ce train, j'alerte mon père. Que tu le veuilles ou non, Salim *for ever.*

Je n'avais pas envie de discuter. L'épaisse fumée qui obscurcit soudain l'horizon me dispensa de répondre. Les blés brûlaient. Avant même de courir, nous savions que les blés brûlaient. Depuis plusieurs jours, la *Dépêche de Constantine* relatait les destructions de récoltes ou les attaques de fermes isolées. Le F.L.N. pratiquait une politique de la terre brûlée afin d'installer l'insécurité et le sentiment de la toute puissance des moudjahidin.

– Attends-moi, hurlait Paul dans mon dos.

Il ne parvenait pas à me suivre malgré sa supériorité physique et ses bonnes chaussures, à sauter les ravines, traverser les chaumes rugueux, contourner au plus court les champs intacts.

– Coupe à travers ! braillait-il.

Il hésitait, perdait du temps, puis la vision des blés sous la queue d'un épais sirocco retenait ses pas. Nous foulions les terres de Bellini. Il possédait près de trois mille hectares et la rumeur lui prêtait une fortune considérable. Deux fois l'an, disait-on, il parcourait son domaine, assis à l'arrière d'une Land Rover que conduisait un chauffeur sénégalais. Jamais je ne l'avais rencontré, mais d'instinct je détestais cet homme qui, depuis Alger, dirigeait une peuplade d'ouvriers agricoles misérables. De temps à autre, Paul et moi reprenions notre souffle. Nos maillots trempés collaient à la peau. L'air, qu'embrasaient le sirocco et la chaleur de l'incendie, épongeait notre salive, et nos gorges avalaient du feu. Parfois, j'attendais que Paul me rejoigne.

– Si les fellagha ont incendié la récolte de Bellini, déclara-t-il, dans les jours à venir ça risque de barder : il a le bras long.

– Qui te dit que les *djounoud*..., commençai-je.

Paul m'interrompit vertement.

– Oh, s'il te plaît, arrête ! Tes *djounoud,* comme tu les appelles, ont l'habitude de ce genre d'exploits. Mais, pour une fois, je leur donnerai presque raison, car Bellini se conduit comme un négrier avec ses Arabes.

Le possessif le fit rougir. Il reprit sa course sans m'attendre. Près de la mechta, formée de cinq gourbis disposés en cercle, stationnaient un *half-track,* un G.M.C. [1] bourré de soldats et la Jeep d'un lieutenant conduite par un harki [2]. A moins de trois cents mètres, une barrière de feu grignotait les récoltes, sans hâte, comme si les flammes s'appliquaient à détruire jusqu'au dernier brin de paille. Au-dessus des Hautes Plaines, flottait une fumée noire, coagulée en lourds nuages, que le vent chaud ne dispersait pas. La population entière de la mechta – une dizaine de femmes, trois vieillards, une ribambelle d'enfants – rassemblée près du G.M.C., considérait le spectacle, épouvantée.

– Que se passe-t-il ? demanda Paul.

Le lieutenant l'écarta du bras.

– Tire-toi d'ici, ce n'est pas ta place !

Puis, il m'aperçut.

– Toi, là, mets-toi avec les autres !

Il désignait le groupe terrorisé.

1. Camion de marque américaine (General Motors Corporation).
2. Soldat musulman combattant aux côtés des Français.

— Nous sommes ensemble, dit Paul.

— Ta gueule ! hurla le lieutenant. J'en ai ma claque des bicots, des fellouzes et de ce putain de pays !

Il me prit par le bras, me projeta dans le tas humain.

— Vous n'avez pas le droit de me traiter ainsi !

Mon français troubla le lieutenant. L'insistance de Paul le provoquait.

— Vous charriez, s'interposait-il, on vient d'arriver. Je suis le fils d'Edmond Barine qui exploite la ferme...

— Et merde, faites ce que vous voulez ! coupa le militaire en haussant les épaules. De toute manière, l'Algérie est un foutoir monstre.

Il pivota vers le G.M.C., aboya :

— Vous comptez demeurer le cul vissé au camion encore longtemps ?

Les soldats, casqués malgré la chaleur, abandonnèrent le véhicule, un à un, lentement, s'aidant de leur fusil comme d'une canne. Leur visage poussiéreux n'exprimait qu'une lassitude résignée ; ils se groupèrent avec réticence près du *half-track,* accomplissant un minimum de gestes, terrassés par la chaleur et l'idée même de l'effort.

— Putain ! grognait le lieutenant, faut que je me tape tout le boulot.

C'était un petit bonhomme grassouillet dont les jambes courtes disparaissaient dans un pantalon trop grand et trop large. Il brandissait son P.M. avec une autorité ridicule et l'arme pivotait sans cesse autour de sa hanche.

Je m'approchai d'un vieillard auquel s'accrochait un gamin morveux. L'enfant reniflait de terreur et, de temps en temps, il gobait d'un coup de langue la morve et les larmes.

– Comment le feu a-t-il pris ?

L'homme tourna à peine la tête. J'aperçus un visage énigmatique, qui ressemblait trait pour trait à celui de mon grand-père Si Ahmed. Les yeux noirs se posèrent sur moi, sans me voir. A nouveau, le vieillard surveilla l'incendie. Je répétai ma question, en arabe. La tête reprit son lent mouvement, mais cette fois les rides s'animèrent d'une sorte de sourire triste.

– Les lapins, dit-il.

– Les lapins ?

– Les djounoud ont mis le feu partout grâce aux lapins.

J'avais l'air si parfaitement idiot qu'il devança ma question.

– Ils enduisent les lapins d'huile, mettent le feu et lâchent les animaux dans les récoltes.

– Pourquoi dis-tu de telles bêtises ? murmurai-je, les lèvres crispées de dégoût.

– Parce que tu me l'as demandé et que Dieu aime la vérité, répondit l'homme en me touchant légèrement le bras.

– Qu'est-ce que vous racontez ? hurla le lieutenant. Fermez-la ou parlez français !

– Ça ne va pas ? dit Paul. Tu es blanc comme une assiette, tu veux qu'on rentre ?

Je refusai, mais l'image des torches vivantes semant le feu me poursuivait.

Le lieutenant réajusta son uniforme, par-dessus le bourrelet du ventre, geste sans doute familier qui parut asseoir sa détermination. Sa première question déclencha le rire de la troupe.

— Qui a mis le feu ?

— Répondez pas tous en même temps ! s'esclaffa un soldat.

— Ta gueule, Lambert ! T'es jamais qu'un bleubite. Toi, là, approche !

Il montrait l'homme qui m'avait renseigné.

— Ton nom ?

Le vieil homme brava la mauvaise humeur du lieutenant avec la même insaisissable sérénité.

— D'accord, tu me joues la scène « je ne comprends pas ta langue ». Saïd, sors ton cul de la Jeep et magne-toi !

Le harki obéit docilement et posa la question en arabe. Le vieil homme répondit alors, sans précipitation.

— Je m'appelle Mohand Bellouche.

— Tu connais les rebelles qui ont mis le feu ? continua le lieutenant.

Le regard de Bellouche croisa celui du militaire. Il affirma qu'il ne connaissait aucun fellagha et que, d'ailleurs, il dormait au moment de l'événement. Saïd traduisait les paroles et ajoutait ses propres commentaires.

— Faut pas les croire, mon lieutenant, ils sont au courant de tout. Il dit qu'il est trop vieux pour travailler au service de Bellini, voilà pourquoi il reste à la mechta. Il sait sûrement ce qui s'est passé.

Le vieillard s'adressait directement au lieutenant, comme si Saïd n'existait pas.

— Il dit aussi que, derrière la colline, des nomades ont dressé leur *khaïma*[1]. Il y a huit personnes, un troupeau de moutons et quelques chameaux. Ils attendent la fin de la moisson.

---

1. Tente des nomades.

– Lambert, prends deux hommes et ramène-moi illico cette bande de fellouzes !

– Bien, mon lieutenant.

– Quant à toi, Saïd, avertis la troupe de gugusses : ou ils se montrent coopératifs, ou ils se souviendront de notre passage.

Saïd obéit, mais les habitants de la mechta n'avaient d'yeux que pour l'incendie. La présence des soldats les laissait indifférents. La recherche des coupables ne les concernait pas. L'interrogatoire butait sur des visages fermés.

– Nous ne connaissons pas les rebelles, répétait le vieil homme.

Les femmes enveloppaient les enfants dans les plis de leur robe. Aucune ne portait le voile, mais le feu faisait oublier l'impudeur des regards masculins.

La famille de nomades rejoignit le groupe. Un couple, cinq enfants, une femme âgée. Ils demeurèrent à l'écart, effrayés et silencieux.

– Mon lieutenant, le feu gagne par ici, prévint un soldat.

– Et alors ?

– On devrait alerter le P.C. afin que les pompiers de Sétif interviennent. La récolte est fichue, mais les gourbis sont couverts de branches d'eucalyptus. La moindre étincelle et...

– Et hop ! plus de mechta ! conclut le lieutenant. Excellente idée, Roberstel ! Saïd, préviens les fellagha : si d'ici cinq minutes ils ne donnent pas une information intéressante, je laisse brûler les gourbis. Il est encore temps d'appeler les pompiers.

Saïd traduisit. C'était inutile. Comme s'ils avaient deviné le chantage, les habitants de la mechta s'étaient tournés vers les soldats. Peu à peu, du groupe des femmes jaillit une plainte semblable aux lamentations d'un jour de deuil. Elles se griffaient le visage, se lacéraient les cheveux.

— Tu n'as pas le droit de faire ça, prévint le vieillard.

— Tiens, Bellouche, tu parles français maintenant ? Si tu tiens à conserver ta baraque, dépêche-toi de me dire ce que tu sais, le feu avance vite.

Quelques soldats ricanaient. La plupart conservaient une neutralité lasse, certains consultaient leur montre.

— Y en a marre, mon lieutenant, on se tire bientôt d'ici ? Les pauvres bougres ne sont au courant de rien. D'ailleurs, les hommes de la mechta travaillent pour Bellini, l'incendie des récoltes en fait des chômeurs.

— La ferme, Baillet ! Quand je serai fatigué du commandement, je te préviendrai. On recule de trois cents mètres ; avec tes petits camarades, occupe-toi de manœuvrer les fellouzes. Putain, je ne vais pas me laisser emmerder par cette bande de pouilleux !

Paul vint s'asseoir près de moi.

— Ça va mieux ? Le lieut exagère. A ton avis, ils savent quelque chose ?

Du menton, il indiquait le groupe d'où provenaient maintenant les hurlements des femmes et les pleurs affolés des enfants.

— Non... bien sûr que non...

Je balbutiais, à la recherche d'un argument convaincant.

— Dis au lieutenant qu'il alerte vite les pompiers de Sétif.

– Oh, tu sais, dit Paul négligemment, je me méfie de l'eau qui dort. Le feu n'a pas pris à vingt endroits différents par l'opération du Saint-Esprit.

– Mais ce sont les lapins ! protestai-je intérieurement. Et ma bouche prononça : Des femmes, des vieux...

– Ouais, justement, les fellagha pensent qu'on les laissera tranquilles.

Notre discussion tourna court. A peine avions-nous reculé de trois cents mètres que le toit du premier gourbi s'embrasait. En moins de dix minutes, il ne restait presque rien de la mechta. C'est alors que le nomade dévala la pente.

– Tirez ! Nom de Dieu, tirez ! hurlait le lieutenant.

Il gesticulait, le P.M. sautait entre ses mains comme si le métal brûlait ses paumes. Le soldat, nommé Lambert, cria :

– Mon lieutenant, il court mettre son troupeau à l'abri du feu.

– Je vous dis que c'est un putain de fellouze qui se tire ! Feu !

La mitrailleuse du *half-track* pivota. J'entendis des crépitements. Je vis les nuages de poussière tracer des zigzags jusqu'à l'homme en fuite. Le nomade fit un prodigieux roulé-boulé qui s'acheva dans un buisson de lauriers-roses. Le corps tressauta deux ou trois fois.

– Il va se relever, dit Paul, il va se relever.

L'homme était mort.

La moisson prenait du retard. M. Barine ne possédait pas de moissonneuse et louait le matériel. Chaque matin, il attendait impatiemment les machines qui parfois n'arrivaient pas. L'insécurité que faisait régner le F.L.N. bouleversait aussi le programme des travaux. Les Hautes Plaines s'embrasaient ici ou là, plusieurs fermiers avaient été assassinés. L'un d'eux, gros propriétaire arabe, maltraitait son personnel avec autant de conviction que M. Bellini. Devant mama Khadidja, la vieille Mme Barine jeta une de ses réflexions à la méchanceté calculée.

– Qu'ils s'assassinent le plus possible entre eux, il en restera moins !

Puis, dévisageant ma mère :

– N'est-ce pas, Khadidja ?

– Oh ! madame, le malheur frappe au hasard. On ne sait pas qui il choisira demain.

Du moins, est-ce ainsi que mama Khadidja raconta la scène. Mon père cessa alors de porter les cuillères de *chorba*[1] à la bouche.

– Ne provoque pas la vieille Barine, dit-il d'une voix sourde. Si l'envie lui prend, elle nous jettera dehors. Que deviendrions-nous ?

Il renversa lentement le contenu de la cuillère, minuscule cascade rougeâtre éclaboussant l'assiette.

– Les djounoud n'ont pas plus d'importance que ces gouttes de *chorba,* conclut-il avec dédain.

Il quitta la pièce sans achever son repas.

La peur s'installait. Particulièrement la nuit. Le soir, l'arrivée des trois militaires gardant les bâtiments réveillait une forte angoisse qui disparaissait avec le soleil de l'aube. Se pouvait-il que les djounoud choisissent la ferme comme cible ? Pour quelle raison ? Je pensais qu'il n'en existait aucune mais, dans ce cas, pourquoi les soldats veillaient-il du haut

1. Soupe à base de viande de mouton.

du pigeonnier ? Avant le couvre-feu, Paul et moi leur tenions compagnie ; leur présence rompait l'ennui des jours de fournaise. Pendant qu'ils s'empiffraient de pâtisseries ou de figues, ils nous permettaient de toucher leurs armes. Paul, penché au-dessus de la plate-forme accrochée au sommet du pigeonnier, pointait le fusil vers l'horizon violacé et abattait d'imaginaires fellagha. Il m'agaçait.

Un soir, à la mi-juillet, pendant qu'il dînait, un des soldats me posa une étrange question.

– Pourquoi ne t'engages-tu pas aux côtés des rebelles ?

Je le regardai, interdit, redoutant une plaisanterie de mauvais goût. Il lisait paisiblement, adossé au mur du pigeonnier. C'était un militaire curieux. Il cachait son regard derrière les verres foncés de ses lunettes de soleil et affichait un perpétuel sourire. Il avait toujours à la main un livre qu'il annotait, et sa passion de l'étude me fascinait.

– Ben oui, poursuivit-il, tout aussi indolent, l'Algérie est ton pays, non ? Pourquoi les Arabes acceptent-ils si facilement que les Français leur bottent les fesses ?

– Mais...

La protestation mourut sur mes lèvres. Je voulais dire que M. Edmond « ne me bottait pas les fesses », pourtant je ne le fis pas. Le soldat tapota les pages du livre.

– Je lis une biographie de Toussaint Louverture. Sais-tu qui il était ?

– Non.

– Dommage. Je te prêterai le bouquin lorsque je l'aurai terminé.

Il eut un rire sec, accompagné d'une grimace, puis ôta son chapeau de broussard et frappa son crâne dégarni de plusieurs claques retentissantes.

— A vingt ans déjà chauve, et je gaspille mes plus belles années à faire le con dans le bled. Ma petite amie m'attend à Dijon... enfin, je l'espère. Si tous les Arabes aidaient le F.L.N., on serait obligé de partir d'ici !

Il ferma le livre, découvrit mon air effaré.

— Te frappe pas, Salim, je plaisante. Allez, laisse-moi roupiller.

Il ne plaisantait pas. Il me renvoyait sans ménagement, comme s'il regrettait de trop parler ou m'en voulait de me taire. D'ailleurs il ne m'avait proposé aucune des pâtisseries qui traînaient dans son assiette. La conversation m'avait troublé et je me mis à observer davantage les habitants de la ferme. La nuit venue, chacun paraissait fuir le contact de l'autre. Les mots devenaient rares, les allées et venues se réduisaient à l'essentiel et, dès le couvre-feu, le silence s'emparait des bâtiments. M. Barine lui-même manquait de naturel quand il s'adressait au personnel. Quant à la vieille Mme Barine, tel un métronome, elle se barricadait dans la Maison Rose à vingt heures précises. Seul Paul conservait ses habitudes et il fallut que Lakdar essuie un coup de feu dans le potager, pour qu'il observe enfin les consignes imposées.

Lakdar refusait de porter les vêtements usagés que distribuait M. Edmond. Il s'habillait de gandouras blanches que la poussière salissait aussitôt et qui étaient dangereuses à proximité des machines. Ainsi vêtu, il évoluait à travers champs ou dans la ferme, nous croisant, avec un regard glacé qui retenait toute velléité de confidence. La vieille Barine l'évitait et ne s'adressait à lui qu'en employant un ton sarcastique. Au cours de la première quinzaine de juillet, Lakdar réduisit un monte-paille à l'état de carcasse inutilisable. Il y mit une grande bonne volonté, afin de se venger des tâches subalternes dont mon père le chargeait ; pourtant son prestige de mécano demeura inébranlé.

— La réparation, c'est pour aujourd'hui ou pour demain ? demandait sans cesse M. Barine.

Étendu à même le sol graisseux du hangar, Lakdar grommelait des explications dépourvues du moindre bons sens. Autour de lui, s'amoncelaient les pièces démontées qu'il était manifestement incapable d'assembler. De temps à autre, il s'arrêtait de « travailler » : adossé au mur d'un appentis, il buvait le thé à l'ombre d'une couronne de figuiers.

— Et le travail, Lakdar ? Tu te fous du monde ! criait M. Edmond.

Le corps trapu de notre mécano prenait alors davantage d'assise, comme s'il s'enracinait au bas du mur, et, en toute innocence, il déclarait :

— Je réfléchis à la meilleure façon de procéder.

Lorsqu'il fut patent que le monte-charge était définitivement hors d'usage, M. Barine décida de commander une nouvelle machine au représentant Massey-Fergusson. Cependant, Lakdar se racheta. Il redressa fort bien l'aile de la Dauphine que Paul avait écornée. Mme Solange était presque seule à utiliser l'automobile. Elle disparaissait souvent au volant du véhicule, à Constantine, à la plage de Tichy, ou vers des destinations inconnues mais lointaines. Silhouette fugitive vêtue de robes légères jaunes ou rose clair, nous l'apercevions à peine lorsque, pâle et mystérieuse, elle s'engouffrait dans la Dauphine. Parfois, de la Maison Rose parvenait le bruit de disputes.

— Ma mère est neurasthénique, avait prévenu Paul. Elle ne se plaît pas en Algérie, elle ne pense qu'à la France et à Paris.

Un jour, triste et désemparé plus que de coutume, il avait dit avec brutalité :

— C'est difficile de vivre dans le bled quand on voudrait être l'impératrice Sissi.

Quoi qu'il en soit, alitée depuis trois jours, Mme Solange n'utilisait pas la voiture.

— On pique l'auto et on roule sur la piste ? proposa Paul.

La ferme était quasi déserte. Ma mère et mes sœurs travaillaient dans la Maison Rose, les ouvriers moissonnaient, M. Edmond et sa mère étaient à Constantine.

— Viens, dit Paul, personne ne le saura.

J'étais inquiet. Toutefois, je n'étais monté que deux ou trois fois dans l'automobile. Les sièges de la Dauphine me fascinaient, plus que la mécanique, semblable à celle d'un vulgaire tracteur. Mais les sièges, couverts d'un velours bleuté qui s'affaissait doucement sous mon poids, caressait mes cuisses nues... Il suffisait de s'asseoir, baisser les paupières et l'on se réveillait ailleurs.

— Et madame Solange ? lançai-je, sans conviction.

— Bof, elle a ses nerfs et se moque de tout.

Paul ne dépassa pas le portail. La large entrée, capable d'engloutir un tracteur tirant une charrette de paille, fut trop étroite pour lui : la Dauphine percuta un pilier. Je crus que M. Edmond ne pardonnerait jamais l'aile emboutie. Mais Lakdar intervint, usant de la politesse distante qui lui était propre.

– Une journée de travail, monsieur Barine, et les dégâts s'envolent.

Il fit exactement ce qu'il avait annoncé, rendant un véhicule à l'aile rutilante.

Durant ce mois de juillet, je m'ennuyais prodigieusement. M. Barine tenait sa promesse : j'étais en vacances. A peine si, de temps à autre, j'aidais à décharger la paille, et c'était toujours sur l'ordre de mon père. Au cours de la journée, la ferme vide m'était insupportable. J'entraînais Paul vers les champs, le long de la nationale, rarement jusqu'à Sétif. Il préférait traînasser plutôt que parcourir seize kilomètres à pied.

Je profitais des travaux d'été de mama Khadidja pour explorer à mon aise la Maison Rose. J'allais de pièce en pièce, sous prétexte de déplacer les meubles ou de porter les tapis qu'il fallait battre. Au cours de la période estivale, chaque centimètre carré était épousseté, lavé, ciré, la literie exposée au soleil, les conserves d'hiver étuvées à l'intérieur d'énormes lessiveuses qui bouillaient dans l'atmosphère irrespirable de la buanderie. Zohra épluchait des tonnes de poivrons, d'aubergines et de haricots verts, dénoyautait cerises, pêches et abricots sous l'œil intéressé de Paul qui rôdait à proximité. Mama Khadidja n'intervenait pas malgré la colère de Tayeb.

– Zohra ne travaillera pas à la Maison Rose si Paul ne la laisse pas tranquille, avait-il averti.

– Bien sûr, je comprends, avait rétorqué M. Barine, mon fils se conduit comme un idiot, mais je mettrai le holà.

Le « holà » provoqua les ricanements de Paul.

– Que veux-tu, les occasions de rencontrer ta sœur sont si peu nombreuses que je suis obligé de m'intéresser au ménage. Quand je songe à la rareté des filles dans ce bled et qu'elle habite de l'autre côté de la cour... Un jour, les siècles de domination masculine péteront à la gueule des mâles de ce pays... Tu verras, mon p'tit père, tu verras.

La salle à manger de la Maison Rose m'impressionnait. Il y régnait un calme apaisant, un silence d'une pureté étrange. La pièce sentait l'encaustique ainsi qu'une indéfinissable odeur, douce comme la caresse d'un doigt au bord des lèvres. Mama Khadidja, consultée, me renseigna avec une grimace de désapprobation.

– Nuit de Chine. Madame Solange traîne dans les parages, ne reste pas là.

Elle m'apprit que Nuit de Chine était le coûteux parfum de Mme Solange. Elle se prélassait des heures entières, enfouie au creux d'un fauteuil, à rêvasser ou lire des romans-photos. Lorsque mama Khadidja travaillait à la cuisine, j'épousais l'empreinte profonde d'un de ces sièges, fermais les yeux et, évoquant les robes légères et transparentes de Mme Solange, m'imprégnais des fragrances Nuit de Chine. Durant ces brefs instants, la vie m'enivrait. J'épouserais une femme pâle et mystérieuse, semblable à la mère de Paul. Nous ferions le tour du monde, sans cesse et sans cesse, à bord de paquebots qui n'accosteraient jamais. La vieille Mme Barine me surprit ainsi, assoupi. Devinant une présence inamicale, j'entrouvris les paupières. Son énorme ventre tanguait près de mon visage.

– Ici, c'est un salon. MON salon, pas un dortoir ! Décidément, Salim, les largesses de mon fils te tournent la tête !

Ce jour-là, elle ne dit rien de plus, mais les vibrations de sa voix étaient une déclaration de haine. J'évitai donc la Maison Rose et n'accompagnai plus mama Khadidja et Zohra si la vieille Mme Barine était présente. Parfois, Paul m'utilisait comme alibi : il m'entraînait au hasard des pièces, dans le seul but d'approcher ma sœur. Près d'elle, il n'ouvrait plus la bouche, attendant en vain que je sois l'interprète de ses silences. La présence de Paul tempérait les aigreurs de sa grand-mère. Elle redoutait le franc-parler de son petit-fils. Sa mauvaise humeur permanente n'épargnait personne, aussi ne tarda-t-elle pas à dénigrer les militaires qui surveillaient la ferme. Elle dénonçait leur inconsistance.

– Les fellagha peuvent nous égorger tranquillement, dit-elle devant moi, désignant le soldat amateur de livres.

Il se nommait Michel et je m'étais lié avec lui parce qu'il me racontait la France, sa petite amie, ses projets. J'aimais sa compagnie et je crois qu'il recherchait ma présence. Je le surpris plusieurs fois en train de m'observer à la dérobée. La vieille Mme Barine supportait mal notre amitié. A plusieurs reprises elle exigea que je quitte le pigeonnier. Michel m'avait prêté la biographie de Toussaint Louverture mais, dès la deuxième page, le récit me tomba des mains.

Deux fois par semaine, « Galilée », l'un des deux professeurs de mathématiques du lycée Albertini, venait donner un cours à Paul. Quand la Peugeot franchissait le portail, je fuyais la ferme.

– Tu as du pot ! gémissait Paul après chaque séance. Bouffer des maths pendant les vacances, quel calvaire ! Et les maths, je m'en balance puisque je serai professeur d'histoire-géographie à Alger.

Son manque de reconnaissance m'affligeait. M. Barine faisait un sacrifice financier et Paul n'avait pas de mots assez durs pour critiquer son père. Parfois, au cours de mes promenades solitaires à travers champs, je croisais mon grand-père. Si Ahmed allait jouer aux dominos en compagnie d'autres vieillards silencieux. Il ne m'adressait pas la parole, mais il m'arrivait de marcher à ses côtés, durant une heure entière. Si Ahmed cheminait d'un pas saccadé, butait contre les pierres ou les mottes de terre sèche, vacillait, puis récupérait un équilibre précaire. J'aimais mon grand-père d'une tendresse désespérée. Depuis le départ de mes frères, il souhaitait la mort, certain de n'avoir plus de place dans un monde qu'il ne comprenait plus.

– N'allez pas vivre chez les chrétiens, avait-il ordonné à Saïd et à Mouloud.

Mais mes frères avaient ri, dit que l'Algérie était un tombeau, que la fortune les appelait de l'autre côté de la Méditerranée, que le temps de la tyrannie des vieillards était échu. Saïd et Mouloud travaillaient en France, chez Simca, leur nom n'était jamais prononcé et Si Ahmed rêvait de mourir à La Mecque où il n'irait pas, faute d'argent.

Ainsi s'écoulaient les jours. J'attendais avec impatience la fin des moissons. La reprise des travaux à la ferme m'occuperait l'esprit et m'éviterait de songer à septembre, au lycée Albertini.

De quel poids l'altercation qui m'opposa à la vieille

madame Barine pesa-t-elle sur le destin ? Aujourd'hui encore je ne peux l'évaluer tant la succession des événements me paraît à la fois dérisoire et implacable.

Mama Khadidja rabâchait pourtant ses avertissements :

— Évitez les Français. Moins vous les fréquenterez, moins vous aurez d'ennuis.

Pour mes sœurs, le conseil était inutile. Elles ne sortaient jamais. Seule Zohra allait parfois au marché.

— Éloignez-vous de la vieille madame Barine, ajoutait Khadidja. Djamila la folle dit qu'elle roule le malheur devant elle.

Un matin, la grand-mère de Paul me surprit sous le hangar au matériel. J'observais le va-et-vient affairé des ouvriers et l'art consommé avec lequel Lakdar se montrait indispensable alors qu'il se tournait les pouces. Muni d'une clé à molette, il « vérifiait » le tracteur ou les charrettes, distribuait des consignes, rangeait les fourches, les sacs de jute, bref, se promenait un objet à la main. Lorsque la sorcière entra, nous étions seuls dans la remise.

— Lakdar ? Inutile de te cacher, je te sais là.

Je voulus fuir, mais la vieille Mme Barine contourna les charrues et coupa ma retraite.

— Ah ! notre intellectuel traîne ici dès l'aube ! Il est vrai que mon fils te laisse quartier libre en juillet !

Elle plissa ses lèvres charnues qui luisaient sous ses incessants coups de langue.

— Décidément, mon fils adore entretenir les bouches inutiles. A croire que nous sommes Crésus. Si j'avais mon mot à dire...

J'eus un sourire involontaire. Elle disait son mot

plus souvent que nous le souhaitions et nous lui obéissions avec servilité. Elle parlait, éventant l'air de ses mains excédées, mais les mouches aimaient la poudre de riz. Mon sourire s'élargit.

– Ainsi, ce que je dis t'amuse, comprit-elle, dépitée. Mon pauvre Salim, la politesse ne t'étouffe pas. J'avertirai Tayeb. D'ailleurs je n'apprécie guère que tu te baguenaudes seul dans la ferme. Par les temps que nous vivons...

Elle s'interrompit, planta son regard au plus profond du mien. J'étais comme un papillon épinglé.

– Au fond, je te l'ai déjà dit, la fréquentation de l'école t'a perverti. J'avais prévenu mon fils : de nos jours, instruire les Arabes est aussi criminel que distribuer des fusils, mais il se croit un esprit fort, avec toutes ces idées libérales dont il se gargarise. Dieu merci, à la rentrée, chacun reprendra sa place.

Que m'arriva-t-il ? A moi qui craignais tant la méchanceté de la vieille Mme Barine. Les mots quittèrent tranquillement ma bouche, pourtant je les prononçais avec jubilation et terreur.

– L'Algérie est notre pays, bientôt nous serons libres.

Elle devint livide, leva la main mais, par un ultime réflexe de peur, retint son geste.

– Graine de fellagha ! Si Khadidja n'était pas une perle, je te jetterais dehors !

Elle sortit en furie, m'abandonnant blême et atterré.

Tapi dans l'ombre, Lakdar avait tout entendu, mais je ne songeais pas à lui tant la peur me tenaillait. Nous serions chassés. La vieille Barine ne supporterait pas l'affront. Ainsi, les prédictions de Djamila la folle se réalisaient.

Lakdar s'était glissé jusqu'à moi et me parlait en arabe. Malgré la bizarrerie de l'événement, j'étais abasourdi, incapable de penser à autre chose qu'aux conséquences inévitables de ma rébellion stupide. Il me secoua l'épaule et maintint un instant la pression de sa main.

– Ne t'inquiète pas, elle ne fera rien. Tayeb est irremplaçable !

Le sarcasme écaillait les mots. D'ailleurs, Lakdar mit les points sur les i.

– Aujourd'hui, la fidélité à toute épreuve de ton père vaut quelques sacrifices.

Il m'attira loin de l'entrée, dans un coin d'ombre épaisse.

– Par précaution, concéda-t-il, raconte ton histoire à Paul, il fait n'importe quoi de la vieille.

La sollicitude de Lakdar me bouleversait. Je pensais qu'il me détestait et soudain son mutisme cédait comme une digue.

– Raconter quoi à Paul ? bredouillai-je, plutôt inquiet à l'idée d'une telle confession.

La voix se fit murmure :

– Pourquoi parles-tu français, tu ne connais pas l'arabe ?

Je haussai les épaules.

– Emploie-le. Notre langue est belle.

– Ici, madame Barine...

Je me mordis les lèvres et Lakdar fronça les sourcils d'une façon comique.

– Dis la vérité à Paul, il arrangera les choses.

Il me repoussa du plat de la main et se mit à tourner autour de moi comme si j'étais une machine abîmée. Nous nous taisions. L'incongruité de la situation ne le gênait nullement. Me parvenait l'odeur forte d'un corps peu soigné, et l'embarrassant silence me troublait d'autant plus que j'avais l'impression d'être jaugé. Lakdar était une protection et une menace. Le hangar était sa tanière, il s'y déplaçait en jouant à son gré des plages d'ombre et de lumière. Il fit soudain volte-face et, comme si nous tenions une banale conversation, me posa une question stupide :

— A quoi occuperas-tu ta journée ?

— Je ne sais pas... Paul disait...

Une sorte de gémissement couina au fond de ma gorge.

— Sa grand-mère devait le conduire à la plage de Tichy et il envisageait de m'emmener.

Je m'étais exprimé en arabe. A mesure que se dévidaient les mots, l'austère visage de Lakdar s'apaisait. Le masque froid s'ouvrait sur un véritable sourire.

— Après le couvre-feu, viens dans mon logement, nous parlerons, dit-il.

Il disparut, happé par l'ombre.

L'extraordinaire rendez-vous de la soirée m'accapara tant l'esprit que je m'intéressai peu aux autres événements. Paul se rendit seul à la plage, non sans s'être auparavant mis en colère.

— Tu ne crois pas que tu pousses loin le bouchon ? Ma grand-mère possède la moitié de la ferme, ne l'oublie pas !

Il lança son sac de plage au fond du coffre de la Dauphine et la toile se tacha des fruits écrasés.

— Quant aux Arabes maîtres de l'Algérie... Tu te

sens plus ? Tu boufferais quoi si mon père n'était pas
là ? Engage-toi chez les fellouzes pendant que tu y es !

Il me fit la tête durant deux jours.

J'eus droit aussi au sermon inquiet de mon père, au
sermon comique de M. Edmond et aux reproches
songeurs de mama Khadidja. Elle eut à endurer la
vengeance de la vieille Mme Barine qui lui fit payer
mon insolence en l'accablant de travail. M. Edmond
me convoqua à la cuisine. Durant l'entretien, mon
père réitérait ses excuses avec l'insistance d'un mou-
lin à prières.

— Laisse-nous seuls, Tayeb, ordonna M. Barine, je
sais ce que tu me dis...

— Oui, patron, mais tu le connais : il n'est pas
méchant, tu lui pardonnes et...

Enfin, il sortit.

— Qu'est-ce qui t'a pris, Salim ? bougonna
M. Barine ? Tout le monde devient-il fou dans ce
pays ? Tu ne te plais pas ici ? Je te traite mal ?

Comme je ne répondais pas, il tenta de me
convaincre de l'humanité profonde de la vieille Mme
Barine. Il mâchouillait des olives dont il crachait dis-
traitement les noyaux aux alentours d'une vasque de
cuivre. Puis il interrompit sa mastication d'un discours confus, à la logique incertaine. Je me contentais
de hocher la tête de temps à autre. Après un mono-
logue interminable, il revint enfin au sujet qui nous
rassemblait.

— Cette année, madame Solange et ma mère passe-
ront l'hiver à Alger. Jusqu'à leur départ, tiens-toi
tranquille, tu me rendrais un immense service.

Il soupira d'un air découragé et, à l'aide d'un tor-
chon à vaisselle, sécha la transpiration qui dévalait
l'arête effilée de son nez.

– Allez, file.

Je ne me fis pas prier.

– Salim ?

– Oui.

– Tu penses réellement que les fellagha me chasseront d'ici ?

Mes joues étaient deux piments. Je baissai la tête, les yeux gris de M. Edmond étaient trop lourds à supporter.

– Allez, file.

Peu avant le couvre-feu, je prétextai une discussion avec Michel et me glissai dans le logement de Lakdar. Son baraquement, le dernier du groupe de six qui formaient l'aile réservée aux ouvriers, était le plus éloigné de la Maison Rose. La porte de bois plein s'ouvrit sur l'unique pièce, sombre et sale. Il y régnait une forte chaleur accumulée au cours de la journée. Je n'avais pas frappé et je surpris Lakdar penché sur un livre dont il dissimula vivement la couverture. Ainsi, notre mécano savait lire ? Je pressentais soudain que l'homme, assis en tailleur à même le sol de terre battue, n'était pas le Lakdar que je côtoyais dans la cour.

– Ferme complètement la porte, dit-il en arabe, et assieds-toi à mes côtés. Les murs sont minces, il nous faudra chuchoter.

Cette complicité presque amicale me déroutait. Je n'oubliais pas le cocher hautain qui me conduisait de si mauvaise grâce au lycée. En même temps, l'excitation m'envahissait, l'étrange rendez-vous était une forme de rébellion et, après toutes ces années d'indifférence, j'espérais une conversation intéressante. La lumière de la lampe-tempête auréolait le sol nu, des ombres vacillaient sur les murs. Comment Lakdar pouvait-il dormir dans cette atmosphère surchauffée, alourdie des puanteurs de suint que dégageait un tas de peaux de moutons ?

– Crois-tu sincèrement que l'Algérie sera un jour indépendante ? me lança-t-il avec une agressivité calculée.

D'emblée, ma volonté de ne pas me laisser impressionner s'envola.

– Je n'en sais rien. Je ne pense pas à ces choses-là.

– Pourtant, tu as affirmé « ces choses-là » à la vieille Barine.

– Je me suis énervé... Depuis quelque temps, je m'énerve facilement à cause... Je ne sais pas à cause de quoi.

– Si, tu le sais. A cause du lycée, compléta posément Lakdar.

– Pourquoi pas ? Que je ne puisse pas continuer mes études est une injustice !

J'avais mis beaucoup de véhémence dans ma voix et Lakdar fronça les sourcils en me désignant la cloison.

– Une injustice parmi tant d'autres, tu as raison ; mais notre jour viendra.

Je retenais ma respiration. La conversation fonçait droit vers le danger.

– Sais-tu pourquoi tu es ici ? enchaîna Lakdar.

– Non... Peut-être la vieille madame Barine...

De la main, il éloigna le sujet.

– Oh ! la vieille... Je t'observe depuis longtemps, j'observe surtout ta révolte qui progresse à la vitesse du cheval au galop.

Il se tut, considéra ses mains puissantes couchées dans le creux de la gandoura.

– Bientôt, nous cesserons d'être les locataires de notre propre pays et nous chasserons les Français. De gré ou de force.

Le visage de Lakdar était si dur que je perdis le peu d'assurance qui me restait.

– Mais Paul ? Monsieur Edmond ?

Lakdar se redressa, prolpulsé par une violence sourde qui lui fit traverser la pièce en trois enjambées. Les mots se bousculaient avec tant d'urgence qu'il mélangeait l'arabe et le français.

– Tu aimes monsieur Barine, je le sais ; pourtant, admire : une vie de travail à son service !

Le mouvement circulaire du bras enveloppa la masure puis la courbe mourut sur la poitrine de Lakdar.

– Les Français du genre de Barine sont extrêmement dangereux. Leur apparente... humanité propage l'idée que la colonisation est acceptable. L'humanité ! Nous ne réclamons pas l'humanité, mais la justice !

Il s'enflammait et me contournait comme si j'étais un meuble. Les mots me giflaient.

– Je travaille à la ferme depuis trente ans, personne ici n'a songé à m'apprendre à lire. La nourriture, seulement la nourriture et un toit, comme un animal.

Lakdar ricana.

– Pas eu ta chance. Pourquoi crois-tu que Barine a fait tant d'efforts pour que tu ailles au lycée ?

Il me prit le bras et me secoua tel un bourricot rétif.

– Pourquoi n'y songes-tu jamais ?

– Je sais pourquoi. Maintenant, je sais pourquoi, mais je m'en fiche.

chers enfa
aimez la
France
votre
patrie.

Lakdar ferma les yeux et pressa avec force sur les globes oculaires. Ses paupières épaisses se ratatinaient comme des feuilles mortes.

— Oui, dit-il en hochant la tête à plusieurs reprises, il nous faut tout redouter des monsieur Barine d'Algérie. Nos pires ennemis.

L'accusation me mettait mal à l'aise. Je montrai le livre posé sur le sol.

— Pourquoi caches-tu que tu sais lire ?

Il ramassa le volume, tourna les pages une à une en mouillant son index.

— Je l'ai volé dans le cartable de Paul. Écoute, oui, écoute, cela en vaut la peine :

Mais... ce... qui... est... vrai.. des.,. maux... de... ce... monde... est... aussi... vrai... de... la... peste.

Le doigt suivait les mots, la bouche les déchirait. Tout son être était lecture, et l'intense désir accouchait d'une bouillie incompréhensible.

— Les mots n'ont pas de sens, murmura-t-il d'une voix blanche. Pas de sens. J'ai cinquante-trois ans.

Lakdar se détourna et je vis sa nuque qui tremblait. Il referma brutalement le livre, le jeta hors de sa portée.

— Dans une des pages, il est écrit qu'« il faut être fou, aveugle ou lâche pour se résigner à la peste ». C'est ce genre de phrases qu'ils ne veulent pas qu'on lise. Salim, ignores-tu vraiment pourquoi tu es ici ?

— Oui.

— J'appartiens à l'A.L.N. [1]. La *Katiba* qui contrôle les Hautes Plaines a besoin de *choufs* [2] qui la renseignent sur les déplacements de troupes. Tu es de

1. Armée de libération nationale.
2. Guetteur.

petite taille, encore un enfant qui n'attire pas l'attention. A partir d'août, tu travailleras dans les voyaient le champs, là où les guetteurs sont utiles. D'une certaine manière, je te demande de devenir *djoundi*. Mais tu peux quitter la pièce, avertir Barine. Dans ce cas, en sortant, n'oublie pas le livre : il sera une preuve suffisante.

Chapitre trois

J'avais dit oui, sans y penser. Peut-être comme un jeu. Pour me venger de la vieille Mme Barine ? De l'indifférence de Paul ? De mes études fichues ? Par compassion pour Lakdar ?

J'avais dit oui, c'est tout.

Rien ne changeait pour autant. Lakdar se réinstalla dans son rôle de grand seigneur. Soumis à dur régime, le matériel se détériorait mais notre mécano venait parfois à bout de quelques réparations. Il passait le plus clair de son temps dans le hangar, n'en sortait, enduit de cambouis, que pour nous toiser de son importance.

Paul se montrait distant. Il semblait me tenir rigueur de l'épisode qui m'avait opposé à sa grand-mère, et souvent son regard me fouillait. Il songeait surtout à son départ en vacances, assurait qu'il préparait ses bagages, ce qui l'autorisait à s'enfermer dans la Maison Rose sans me donner d'explications. A Tichy, il avait fait la connaissance d'une fille. Ils se verraient durant le mois d'août et le rêve meublait ses journées. Paul était amoureux. Il écrivait des lettres qu'il n'expédiait pas, faute d'adresse, bâtissait des projets idiots, inventait des poèmes insensés, composés de vers puisés au hasard des livres.

– Maria... elle s'appelle Maria Beauchemin, me dit-il en me tendant une photo. Ici, elle est à Biskra, avec sa grand-mère. Elle est si belle... hein, qu'en penses-tu ?

Je distinguais, de part et d'autre d'un dromadaire couché, les formes floues de deux femmes agrippant la bosse de l'animal. Les visages surexposés étaient des taches blanches.

– C'est laquelle ? fis-je, incapable de dissimuler mon dépit.

– Pauvre pomme ! jeta Paul en me reprenant la photo. Mon p'tit père, ta fichue jalousie te perdra.

Il s'intéressait moins au ménage de Zohra et, par contrecoup, s'intéressa moins à moi. Nos routes divergeaient. La sienne menait au lycée Albertini, la mienne bifurquait et rejoignait le groupe des ouvriers musulmans. Ainsi, désœuvré et solitaire, je pris plusieurs fois le train en marche jusqu'à Sétif, où je m'ennuyais tout autant. Je descendais et remontais deux ou trois fois l'artère principale et aboutissais immanquablement place Joffre, au pied de la fontaine. Là, je passais le temps à écouter les sempiternels récits des inactifs. Ils étaient jeunes, misérables, parlaient des filles du bordel et surtout des fortunes qu'ils amasseraient un jour, en France. Paul surprit mes escapades dangereuses, mais n'avertit pas son père.

J'étais un *chouf* de l'A.L.N.

J'avais beau me répéter l'expression, je ne ressentais aucune émotion. Bientôt, avec la fin de juillet, les moissons finiraient et il n'y aurait plus rien à observer. Les soldats français, à peine relayés par quelques *moghazni*[1] supplémentaires, étaient déjà moins nombreux. Malgré le retard, notre propre récolte n'était plus surveillée, le colonel Boissy ayant déclaré que d'autres affectations prioritaires attendaient ses hommes. A perte de vue, autour de la ferme, moutonnaient les terres sombres fraîchement labourées, pointillées ici ou là des derniers carrés jaunes.

Comme toujours à pareille époque, mama Khadidja était sur les nerfs. Elle préparait la fête qui clôturait les moissons, cuisait des monceaux de *makroutes,* de *lembardja*[2], apprêtait les multiples sortes de *kémias*[3]. Selon les heures, ma mère sentait le miel, le fenouil ou la cannelle. Deux jours à peine nous séparaient de l'événement, et la tonnelle attenante à la Maison Rose était dans le plus grand désordre. M. Edmond ayant exigé une décoration à base d'épis, Farroudja et Latifa tressaient la paille en se chamaillant. Ce soir-là, après la photographie regroupant les habitants de la ferme autour de la dernière charrette de grain, nous dînerions dehors. Oubliant le couvre-feu, les trois soldats participeraient au repas, mais ma joie était en partie gâchée parce que la fête serait une des dernières occasions de rencontrer Michel. Il partait peu après et j'avais l'impression d'un abandon.

– Le règne du piston, mon petit Salim. Affecté comme photographe à Constantine, parce que le pitaine a remarqué mes talents.

Il avait ri.

– Le pitaine est surtout satisfait de se débarrasser

1. Supplétifs musulmans.
2. Makroute, lembardja : gâteaux.
3. Amuse-gueule.

de moi ! Il ne blaire pas trop les intellectuels. Tous des communistes, selon lui. Je suis juste bon à monter la garde, paraît-il. Ça tombe bien, je ne blaire pas trop l'armée, et jouer au petit soldat commençait à me taper sur le système.

Il s'était offert une large rasade de thé, accompagnée d'un gémissement narquois.

– Presque aussi bon que le pinard de chez moi. Dis-moi, Salim, tu croupiras ta vie entière dans ce bled perdu ? Jamais je ne me suis autant barbé qu'au-dessus de ton pigeonnier, alors cinquante ans dans le coin...

Il avait retiré ses lunettes de soleil et j'apercevais ses yeux ronds, pochés de fatigue.

– Ce qu'on dit n'est pas faux. Le destin, hein, le fameux destin arabe qui remplace la révolte ? T'en as pas marre de toutes ces conneries ? Moi si, de celles-là et des autres. Des autres sutout. Vivement la quille !

Puis, c'était arrivé.

– Un homme de l'A.L.N. t'attend près du *marabout*[1], m'avertit Lakdar. Sois sans crainte, il connaît ton visage.

Je le regardais stupidement pendant qu'il attelait la charrue au tracteur.

– Maintenant, pas demain ! Ne reste pas là à me tourner autour !

Son coup d'œil excédé me brûla. J'étais un *chouf*. Courir, courir sans penser à autre chose qu'au *marabout* de Sidi Bou Djema qui protège les biens. « Qui vole sera puni et tremblera la vie entière. » Je n'avais rien volé, mais je tremblais comme un misérable tire-laine pris sur le fait.

1. Personnage religieux ; par extension, tombeau.

– Où cours-tu si tard ? cria Paul. Attends-moi, j'arrive !

Mais je dévalais le chemin à toute allure. Attendre, inventer des prétextes, étaient au-dessus de mes forces. Lakdar s'occuperait de Paul. L'ombre de l'homme, près du *marabout* de Sidi Bou Djema, m'obnubilait et m'empêchait de réfléchir. J'étais fou, complètement fou d'avoir dit oui.

Oui à quoi ?

Pourtant, je courais.

L'homme était maigre. C'était un Kabyle aux yeux vifs d'un bleu d'une extraordinaire densité, qui furetaient autour de moi et sur moi comme si je représentais une menace. Ses vêtements étaient ceux d'un ouvrier agricole, mais il n'en avait ni la démarche ralentie ni la passivité morne. Au contraire, son port de tête était assez arrogant et je ressentis du dépit face à ce *djoundi* inconnu qui mimait les hommes de notre région mais les connaissait si peu. Mon père disait vrai, les Français écrabouilleraient un jour ou l'autre de si piètres révolutionnaires.

Il s'exprimait d'une voix douce, le ton lent et égal.

– Parle-moi des soldats que tu rencontres, exigea-t-il.

J'étais déconcerté. Que pouvais-je dire d'autre que la routine ?

– Raconte ce que tu vois au cours des journées, insista l'homme. Sans trier.

J'égrenai des banalités. Les Jeep placées ici ou là. Les G.M.C. et les automitrailleuses croisées sur la route de Sétif à Constantine. Les Sikorsky ou les « bananes [1] » qui survolaient la ferme à basse altitude.

---

1 Hélicoptères militaires.

Quelques avions aussi atterrissaient à la base d'Aïn Arnat.

– Tout est exact, confirma l'homme du même ton plat. Tu n'oublies pas grand-chose, je te ferai donc confiance. D'ici peu, se produiront d'importants mouvements de troupes, ainsi que des relèves, dans la plupart des fermes. Tu notes tout ce que tu vois, les noms que tu entends, les on-dit qui se colportent, même ce qui te paraît inutile ou secondaire.

Il me tendit un mince carnet au dos toilé.

– Tu y inscriras tes observations et le déposeras à l'endroit que je t'indiquerai. Jamais tu n'auras de notes sur toi.

L'homme contourna le *marabout*. Ses vêtements flottaient autour de son corps décharné. Il s'agenouilla, gratta sous le socle du *koubba*[1] dévoilant une cache de la taille d'une *gargoulette*[2].

– Là, fit-il. Tu replaces les pierrailles, efface tes pas. Voilà, c'est tout. Je reprendrai contact dans quelques jours. Maintenant, va-t'en.

Comme s'il craignait que je me formalise de la brutalité d'une telle rencontre, il ajouta :

– Quel âge as-tu ?

– Bientôt quinze ans.

– Lorsque l'Algérie sera indépendante, elle reconnaîtra le sacrifice des moudjahidin. Tu figureras parmi les plus jeunes recrues.

– Dis-moi au moins ton nom.

– Rachid. Si cela te fait plaisir, appelle-moi Rachid.

---

1. Sanctuaire.
2. Cruche de terre conservant l'eau fraîche.

Écrire dans le carnet me mit en transe. Sans cesse, je pensais à l'instant où je le retirerais de la cache pour y inscrire mes banalités. Je touchais souvent dans ma poche le crayon qui ne me quittait pas. Il était comme une bienfaisante brûlure qui me rappelait l'importance soudaine de mon existence.

Bien malgré lui, Paul gâchait en partie ces instants d'excitation. Lorsque je courais vers le *marabout*, j'avais l'impression de manquer de loyauté à son égard et de jouer double jeu. Plusieurs fois, je revins sur mes pas, décidé à cesser ce rôle, au fond un peu ridicule, d'espion d'opérette. Alors, la silhouette de Rachid m'envahissait et s'imposait comme une tentation impossible à vaincre. Je poursuivais ma course, oubliais Paul dès que je tenais le carnet entre mes mains.

Mon rôle de *chouf* restreignit encore nos sorties communes. A plusieurs reprises, las des lectures dans la fraîcheur de la Maison Rose ou anéanti par l'inactivité – la passion pour Maria Beauchemin s'estompait-elle déjà ? –, Paul proposa de m'accompagner, sous le soleil implacable, le long des pistes qui coupaient les champs en damier. Je refusais presque toujours, inventant d'absurdes prétextes, certain qu'en sa présence je me trahirais.

– Tu comptes garder pour toi tout seul les filles que tu rencontreras ? me dit-il d'abord, mi-figue, mi-raisin.

C'était une de nos plaisanteries préférées mais, lorsque je renouvelai mes refus, la suspicion remplaça l'ironie. Nous conjuguions si souvent nos ennuis que mon soudain désir de solitude le laissait perplexe.

– Tu as dragué une mignonne petite Arabe ? me dit-il avec perfidie. Gaffe aux grands frères. Tu es bien placé pour savoir qu'ils ne rigolent pas quand on approche leurs sœurs.

Nos rapports difficiles me firent découvrir que j'étais surveillé. En effet, Lakdar m'attira sous le hangar.

– Sors avec Paul, me dit-il, sinon il se méfiera. D'ailleurs, sa conversation peut apporter des informations.

Il me parlait avec une impatience agacée, comme si j'étais un gamin dépourvu d'intelligence. Toutefois, je compris qu'il me donnait un ordre.

Les graves événements, qui survinrent trois jours plus tard, me donnèrent l'occasion de remplir plusieurs pages du carnet. Deux Français furent assassinés à proximité de Chasseloup-Laubat. Il s'agissait d'un fermier – Alix Baudelot – et du représentant en matériel agricole de Massey-Fergusson qui lui rendait visite. Prévenus par une patrouille, Paul et M. Edmond se rendirent aussitôt à la ferme des Baudelot qui étaient des amis de longue date. Ils revinrent livides, s'enfermant dans un mutisme que les gémissements de la vieille Mme Barine ne réussirent pas à briser, jusqu'au moment où, pour la première fois, M. Edmond injuria sa mère devant nous. Raide de colère, sur le seuil de la Maison Rose, il hurla :

– Fous-moi la paix, tu veux ! Par pitié, mange tes saletés de sucreries et ferme-la !

La journée s'écoula dans une atmosphère tendue. Les regards s'évitaient. Il semblait que le moindre geste déclencherait un événement irréparable. Les bruits s'effaçaient devant le chagrin et la colère.

Le soir, au retour des champs, deux Jeep entrèrent dans la cour. Six soldats armés, que commandait un adjudant, prirent position face aux baraquements du personnel. Depuis sa voiture, le gradé lança un appel par haut-parleur. La voix roula entre les murs, l'écho revint en boomerang percuter la fin de la phrase. L'adjudant baissa le volume sonore et recommença l'annonce.

— Le personnel musulman doit se rassembler près des véhicules.

M. Edmond apparut, suivi de Mme Solange et de la vieille Barine. Ils devaient être au courant de l'opération car, après avoir salué brièvement le gradé, la famille Barine se replia, sans plus de commentaire, sur le seuil de la Maison Rose. Seul Paul s'obstinait auprès de l'adjudant et tripotait le volant de la voiture comme s'il avait huit ans.

— Le personnel musulman, répéta l'adjudant, femmes et enfants compris. Personne ne reste à l'intérieur des logements.

Bientôt, nous fûmes groupés face aux Barine. Nous séparaient les soldats silencieux, soudés aux pistolets mitrailleurs. Pour la première fois, j'eus l'impression de ne pas appartenir à la ferme. D'être un Arabe, sans domicile, surpris en flagrant délit d'effraction.

— Parfait ! dit l'adjudant. Maintenant, écoutez-moi, puisque vous parlez tous français. Depuis quelques semaines, le F.L.N. sème la terreur et commet d'abominables crimes. L'armée française se montrera sans pitié. Près d'ici, deux hommes ont été sauvagement assassinés et nous avons la certitude que les rebelles connaissaient l'emploi du temps du représentant en matériel Massey-Fergusson. Ce qui signifie que, dans la région, existent un ou plusieurs employés de ferme renseignant les bandits rebelles.

Le gradé se tut. Il attendait que nous prenions conscience de la gravité de l'information. Malgré mes efforts, je ne pus m'empêcher d'observer Lakdar. Il considérait humblement l'extrémité de ses Pataugas, comme accablé.

– Nous châtierons les informateurs aussi durement que les assassins, continua l'adjudant. Mes hommes vont fouiller les habitations.

Le silence se fit, dense, hostile. Farroudja et Latifa se réfugièrent entre les jambes de mama Khadidja. Paul me dévisageait, et, sur son visage doré par le soleil, je lus très calmement le message d'orgueil qu'il m'adressait : nous serons toujours les plus forts, tes vantardises n'y changeront rien.

L'adjudant reposa le haut-parleur sur le capot de la Jeep. Ce fut le signal. Les soldats s'engouffrèrent dans les baraquements. La porte de notre maison explosa contre le mur intérieur, j'entendis les jurons, les bruits d'objets renversés. Latifa commença à pleurnicher et mama Khadidja lui administra une gifle cinglante qui interrompit net ses reniflements. L'exiguïté et la pauvreté des lieux rendirent la fouille rapide. A peine entrés, les militaires ressortaient. Soudain, l'un d'eux se mit à brailler des injures. Bientôt, il apparut sous la porte basse d'un baraquement, la chemisette déchirée, le front orné d'une balafre sanglante.

– Gourbi de merde ! hurlait-il, au bord de la crise nerveuse.

Il tâtait l'accroc de son vêtement comme s'il doutait de sa réalité.

– Chef, je me suis pété la gueule là-dedans, tellement il fait noir ! Vous avez vu ma chemise, chef ?

– Suffit comme ça, Pernin ! On croirait qu'une bombe t'a arraché la jambe ! R.A.S., les gars ? On s'en va !

– Venez prendre un verre à la maison, intervint la vieille madame Barine. Vous le méritez, il me semble.

L'adjudant haussa les épaules et grimpa dans la Jeep.

– Ayez votre personnel à l'œil, monsieur Barine. D'après ce qu'on dit, vous êtes trop coulant.

Les Jeep opérèrent d'impeccables demi-tours. A travers les nuages de poussière ocre, la Maison Rose se découpait, paisible et belle.

Le lendemain, dans les champs, j'aperçus Paul armé d'un fusil de chasse. Il fit semblant de ne pas me voir, et s'éloigna dans la direction opposée. D'abord, je crus à une de ces parties de tir aux cigognes qui nous amusaient tant dès que les oiseaux migraient sur les Hautes Plaines. Mon dépit était grand, car j'avais l'habitude de l'accompagner. Nous nous contentions d'effrayer les volatiles et de rire cruellement aux vols paniqués qui déchiraient le ciel. Je cherchai à oublier ma déconvenue en ne songeant qu'à ma balade, au *marabout,* au carnet. A Rachid.

Je dévalai la pente bosselée d'une terre en friche et me trouvai ainsi à l'abri d'un vallon. Je réfléchissais. Quelque chose n'allait pas. Paul ne chassait pas. Partout brûlaient les derniers chaumes avant les labours : les cigognes apeurées resteraient donc au nid. En outre, compte tenu des événements, tirer relevait de l'inconscience ; Paul ne prendrait pas le risque d'ameuter les militaires. Non, il devait y avoir une autre explication. Je revins sur mes pas, contournai la colline du *marabout* de Sidi Bou Djema et vis enfin Paul en bordure d'un champ. Je me dissimulai derrière un buisson d'aloès. Mon père contrôlait l'avance du feu sur les chaumes pendant que Slimane et Ali terminaient les sillons, qui isolaient la parcelle des autres, et empêchaient ainsi la propagation de l'incendie. Le fusil en bandoulière, Paul allait et venait, longeant la propriété du côté opposé au vent. Parfois, il s'arrêtait auprès de Tayeb avec qui il échangeait quelques mots. Puisqu'il me fuyait, il me fallait un prétexte pour approcher. Le jeu en était un. Le crépitement des flammes couvrit le bruit de mes pas.

– Ne bouge pas ou tu es mort ! criai-je, la voix contrefaite, deux doigts plantés dans le dos de Paul.

Il s'immobilisa. La chair de poule grumela sa peau, et son cou se décolora sous le hâle

– Tourne-toi lentement, les mains écartées du corps.

Il le fit. En me voyant, son visage se crispa.

– Imbécile ! dit-il. J'aurais pu te tuer !

– Ah bon ? Si mes doigts étaient des revolvers, à ton avis, qui serait mort ?

Il était fou de rage, incapable d'avoir le sourire qui lui aurait sauvé la face.

– Pourquoi le fusil ?

– Je protège les ouvriers.

– Tu *protèges* les ouvriers ?

– Bien sûr, puisque les soldats sont partis.

– Les récoltes rentrées, où est le danger ?

Paul ricana.

– Quel superbe optimisme ! Les fellagha multiplient les attentats et, selon toi, il n'y a plus de danger ! Jamais la situation n'a été pire ! Même mon père s'énerve.

– Mais... les chaumes, enfin...

– Les fellagha assassinent n'importe qui, n'importe où. Papa n'a nulle envie qu'on massacre son personnel ou qu'on détruise son matériel. Un tracteur incendié équivaut à la perte des bénéfices d'une année. Tant que le F.L.N. sèmera la terreur, nous patrouillerons armés dans les champs.

Il fit jouer complaisamment la culasse du fusil, dévoilant les douilles cuivrées.

– Au fond, ma grand-mère a raison, tu ne risques rien, tandis que nous...

Il épaula, visa le point blanc du *marabout* de Sidi Bou Djema.

– Quoique... bang ! bang !

– Pourquoi ?

– Ton père joue aussi sa peau.

– Tayeb ?

– Eh oui, Tayeb ! A force d'exhiber partout la médaille gagnée sous le commandement de Juin au Garigliano, tout le monde connaît ses opinions profrançaises. Une victime de choix pour le F.L.N.

La méchanceté de Paul me pétrifia. Et, s'il surveillait Tayeb, le doigt sur la gâchette...

– En septembre, tu me surveilleras aussi ?

– Pourquoi pas ? Je te protégerai, tu appartiens à la ferme.

– Tu me protégeras ou tu me surveilleras comme si j'étais un esclave prêt à la révolte ? dis-je, la voix nouée. Comment peux-tu imaginer que je travaillerai, le canon de ton fusil dans les reins ?

– Toujours les grands mots, hein ? Pourquoi, Salim, refuses-tu d'admettre la réalité des crimes des fellagha ? Ce n'est pas nous qui incendions, tuons et...

– Tu en as de bonnes ! La *mechta* Bellini et le nomade assassiné ne te rappellent rien ? Tu as déjà oublié les atroces soubresauts du pauvre type ?

– Qui a commencé ? Réfléchis, Salim, qui a commencé ?

Les mots se précipitaient sur mes lèvres. Je voulais dire la conquête de 1830 sous le ridicule prétexte d'un coup de chasse-mouches, la prise de Constantine en 1837 et les habitants tués rue par rue, maison par maison, les montagnards du Dahra enfumés dans leurs grottes, en 1845, où ils périrent par centaines, l'impitoyable répression des émeutes de Sétif, en 1945, où les Français tirèrent au canon sur les *douars*[1]... tout ce que je découvrais seul, dans les lettres qu'expédiait mon frère Saïd à mama Khadidja qui ne saurait jamais lire.

Et je vis dans ses yeux que ma protestation était vaine, qu'il savait tout cela et que les événements avaient pour lui une autre signification.

– Cette terre est la mienne, Salim, murmura Paul. Peut-être est-ce en partie injuste, je l'admets, mais c'est ainsi. L'Algérie est mon pays, les bombes du F.L.N. n'y changeront rien.

– C'est aussi le mien, tu ne crois pas ? Quant aux terres, à qui les a-t-on prises pour les donner au premier Barine, en 1848 ? Du reste, tu répètes sans cesse que la ferme ne t'intéresse pas, que tu seras professeur d'histoire à Alger !

– On verra... mais la ferme est à moi. A moi, tu comprends ?

Il replaça l'arme sur son épaule, secoua la tête.

- Je suis fou de faire des *chikayas*[2] l'avant-veille

1. Villages.
2. Disputes (vocabulaire propre aux Pieds-Noirs).

d'un départ en vacances. Après tout, *mektoub*[1], comme vous dites. Tiens, dis-moi plutôt si demain Zohra accompagne Khadidja au marché ?

– Et Maria Beauchemin ?

Nos rires forcés avaient le goût de la séparation.

1. C'est écrit.

Chapitre quatre

J'essaie de réfléchir. Le passé défile dans ma tête. A quel moment le destin a-t-il posé son doigt sur moi ? Lors de la découverte de Paul en arme, auprès de mon père ? Bien avant ? Ou le jour du marché ? Qu'importe sans doute, pourtant j'aimerais comprendre. Affirmer. Que la vérité éclate, plutôt que ce lent déchirement qui m'échappe.

C'était le dernier jour de juillet. La ferme était vide. La veille, Mme Solange et la vieille Barine étaient parties en vacances à Tichy. Dans une maison louée en bord de mer, cohabiteraient deux silences hostiles. Mme Solange passerait le plus clair de son temps à nager, se dorer au soleil, et j'imaginais, la fièvre aux joues, son corps mince en maillot de bain. Paul me disait que la mer nourrissait sa mélancolie ; elle rêvait des côtes de France et dévorait l'horizon, les yeux embués de larmes.

Les ouvriers agricoles profitaient du congé de vingt-quatre heures attribué en fin de moisson. Le lende-main, à son tour, Paul quitterait la ferme et rejoin-drait sa famille. Le ciel, lui aussi, se modifiait. Il n'avait plus la transparence du bleu pur de juillet, mais il était balayé de traînées blanchâtres. Chaque année à pareille époque, je ressentais cette sorte d'insatisfaction que l'on éprouve lorsqu'un moment de sa vie arrive à sa fin. La récolte était engrangée, les habitants de la ferme s'étaient éloignés, bientôt, avec les semailles, commencerait un nouveau cycle de travail et, durant cette période d'incertitude, j'imaginais que tout pouvait changer. Ce jour de juillet était empreint d'une tristesse infinie comme si je pressentais la gravité de l'avenir. Les bâtiments étaient à l'unisson. Sonores. Décors posés au milieu de champs désertés. Couleur ternie de la Maison Rose que le sirocco étouffait de son souffle fiévreux. Silence. En septembre, je n'irais pas au lycée Albertini.

Seul, M. Edmond souriait. Nous en savions la raison : un mois d'une douce tranquillité, que ne troubleraient pas quelques allers et retours à Tichy. A l'idée de nous conduire au marché de Sétif, il trépignait d'un enthousiasme enfantin, presque choquant, et préparait la Dauphine comme si elle devait traverser le désert. En l'absence de la vieille Mme Barine, dont c'était le privilège indiscuté, mama Khadidja se chargeait de l'approvisionnement. Au moment de démarrer, éclatant d'une jovialité qui arrondissait ses joues non rasées, il repoussa Paul qui s'installait.

— Non, à l'arrière, avec Zohra et Salim ! Khadidja, à mes côtés ! La place d'honneur !

Ivre de liberté, il s'abandonna à un énorme rire et, dès le départ, la Dauphine fit une embardée. Au cours du trajet, il fallut à deux reprises céder la route aux convois militaires qui roulaient à vive allure. Masses sombres des blindés, crapauds verts collés à l'asphalte, silhouettes éphémères de soldats. Je notais mentalement le nombre et le type des véhicules, la qualité de l'armement, ce qui m'empêchait de profiter de l'automobile. De plus, pressé entre Paul et Zohra, je m'efforçais de ne pas m'affaler sur ma sœur à chaque cahot. Conducteur atroce emporté par l'euphorie, M. Edmond jouait avec jubilation de l'accélérateur et du frein. Zohra avait peur. Sa main pressait mon bras chaque fois que l'automobile se jetait dans le champ bordant la piste. A peine reprit-elle confiance sur la partie bitumée, persuadée que les camions rugissants écrabouilleraient le nain bleu qui encombrait le chemin. Par-dessus son voile de lin blanc, je lisais l'incrédulité de ses prunelles agrandies car l'univers de Zohra se cantonnait aux limites de la ferme : chaque sortie était comme une fête inquiète. Quant à mama Khadidja, drapée dans l'impeccable *melaya*[1], elle fixait la route sans frémir et son dos massif s'était raidi dans une immobilité digne.

A l'entrée de la ville, le quartier neuf des cités Lévy dressait ses immeubles en construction. A l'opposé, des nomades avaient installé leur *khaïma* et trois chameaux broutaient la poussière le long du boulevard. Des chicanes barraient la route au détour d'un virage ; M. Edmond faillit y empaler la Dauphine.

– Du calme, Fangio ! hurla un soldat qui gardait le passage.

Il avait les paupières bouffies et le teint gris de ceux qui manquent de sommeil. En retrait, un Amx13[2]

1. Voile noir dans lequel se drapent les femmes de l'Est algérien. Il est de couleur blanche dans l'Ouest.
2. Char d'assaut.

pointait son canon et quatre autres militaires adossés aux chenilles profitaient de son ombre.

– Papiers !

– Qu'y a-t-il ? questionna M. Barine.

– La ville est quadrillée, dit brièvement le soldat. Deux attentats.

Il y eut un silence, pendant lequel il nous dévisagea tour à tour, et j'entendais la respiration un peu rauque de mama Khadidja. M. Edmond avait perdu son allant, il demanda des précisions, la tête enfoncée dans les épaules, comme si la réponse l'écrasait déjà.

– Devant le théâtre et la station service proche du stade, récita le militaire. Vous pouvez passer.

– Des victimes ? insista M. Edmond.

– Deux morts. Deux Français. L'attentat classique : des types dans une 403 qui tirent au hasard sur les Européens. Allez, circulez.

L'homme ne voulait pas en dire plus. M. Barine embraya et avança lentement à travers l'étroit espace laissé libre par la chicane.

La remontée de l'avenue Jean-Jaurès fut un supplice. Comme si les fusillades se poursuivaient devant nos yeux. Paul nous tournait délibérément le dos et M. Edmond ne sifflotait plus. Ils étaient deux blocs de colère brutale que seule leur volonté contenait encore. Ils se taisaient parce que nous étions arabes, mais l'irréparable était au bord de leurs lèvres.

Les bourricots attelés aux charrettes ralentissaient la circulation. Il me semblait que nous allions demeurer indéfiniment cloîtrés à l'intérieur de cette automobile maudite. M. Edmond abrégea la pénible tension. Au lieu de nous conduire au marché, il pila sans prévenir à l'entrée de l'artère principale, la rue Georges-Clemenceau, en face du lycée Albertini.

– Dans deux heures, Paul et moi vous attendrons ici, dit-il d'un ton sec.

Ses mains impatientes étreignaient le volant. Pourtant, pendant que mama Khadidja s'extirpait de la voiture, il ajouta :

– Si les couffins sont trop lourds, laissez-les à l'épicerie mozabite, nous les prendrons en partant.

Alors que je quittais la Dauphine à mon tour, Paul m'interpella.

– Salim !

– Oui.

– Si on les arrête, j'espère qu'on les torturera à mort.

– Paul ! cria M. Edmond.

Je claquai la portière et vit le point bleu se perdre à travers la foule des jours de marché.

Sous les arcades de la rue Georges-Clemenceau, les patrouilles se succédaient à intervalles réguliers. La fatigue fanait les visages des soldats, mais les coups d'œil acérés étaient ceux de la guerre, et les doigts caressaient les gâchettes. Mon envie de flâner s'envola. Les yeux accusaient, fouillaient les Arabes, rampaient sous les gandouras ou les haïks. Mais il n'y avait pas que les militaires. Les Français, eux aussi, nous toisaient. Salauds qui lancez des bombes, assassins, lâches.

Je me surpris à marcher tête baissée. L'accusation – la crainte ? – courbait la tête de la plupart des Arabes. Céder ainsi à l'intimidation me rendait honteux. J'étais innocent. La prochaine patrouille... bien en face, oui, je regarderai droit dans les yeux.

– Toi, viens ici !

Le soldat, brûlé par le soleil, avait la peau couleur d'olive marinée. Son long corps voûté semblait l'embarrasser et la mobilité inquiète de ses traits donnait un air chafouin à son visage triangulaire.

– Ma tête ne te plaît pas ?

– Si...

– Pourquoi tu nous mates en rigolant ?

- Je ne ris pas !

– Tiens donc ! Tu te paies ma tronche ? Tu crois que chasser le fel nous amuse ?

– Jeannot, arrête ton cinoche, ne nous casse pas les bretelles en cherchant des histoires à un gosse.

Le second militaire s'était écarté de deux pas. Il parlait doucement, en fixant le canon de son arme, comme s'il s'adressait à un enfant particulièrement obtus.

– Purée, alors on se laisse bouffer par les mômes ?

– Jeannot, je te répète pour la centième fois qu'on est en train de faire une foutue guerre ! Une vraie guerre, pas les marioles à la foire du Trône ! Les mômes, on n'en a rien à glander, alors magne-toi les fesses, sinon je patrouille seul.

Le soldat hésita mais, comme son compagnon reprenait sa marche, il grimaça un sourire étriqué.

– Tu as du bol que mon copain soit pressé ! Je te rencontrais dans le bled, je te coupais les couilles !

Dès qu'il eut le dos tourné, je murmurai l'incantation qui attire le mauvais œil. Quoique incertaines, les malédictions de Djamila la folle réussissaient parfois.

Il n'y avait aucune trace d'attentat devant le théâtre. Cependant, à côté, la sous-préfecture et le tribunal étaient aussi bien protégés qu'une caserne. Chevaux de frise, camions Dodge et soldats. Je fis deux fois le tour du centre ville avant de rejoindre le marché. Les rues étaient pleines d'une foule patiente qui se promenait tranquillement. L'endroit était sous haute surveillance. Aux quatre coins du marché couvert qu'entouraient les étals de légumes et les boutiques de bazar, un véhicule blindé surveillait les accès. Des soldats paraissaient filtrer les passages, cependant je glissai sous leur nez sans qu'ils s'intéressent à moi. J'eus la désagréable impression de pénétrer dans une nasse. Les passants faisaient comme si les militaires n'existaient pas, comme s'ils ne les voyaient pas.

Dans la cohue, dénicher mama Khadidja et Zohra n'était pas facile. Rien ne pressait cependant. Porter les couffins était le rôle des femmes. J'aimais les appels des marchands, les odeurs mêlées de fruits mûrs et d'épices, les invectives des enfants poussant leurs charrettes débordant de légumes. Durant quelques instants, j'oubliais la routine des jours ordinaires. Je rêvais d'un monde autre, coloré, bruyant, sans limite. Un monde qui m'attendait. Je revenais toujours frustré à la ferme.

Nulle part, je n'apercevais la démarche chaloupée de ma mère, bousculant les flâneurs de ses lourdes hanches. Ni Zohra, trottinant à ses côtés, à la fois émerveillée d'une sortie si rare et affolée à l'idée de se perdre. Tayeb l'avait mise en garde contre les dangers sans nombre qui guettent les filles perdues... Je m'apprêtai à pénétrer sous le marché couvert. Lieu répugnant où régnaient les bouchers adipeux et les marchands de volailles roublards. A l'odeur des mèches-mèches[1] mûrs, succédaient l'exhalaison fade

1. Abricots (terme pied-noir, comme chikayas).

de la mort, les piaillements des poulets hystériques. Soudain, le bruit de la rue diminua, les cris puis les conversations s'éteignirent. Une hésitation brouilla le mouvement de la foule et celle-ci s'ouvrit depuis le début de la rue d'Aumale, comme si un coin gigantesque l'éventrait, obligeant les passants à se serrer sur les trottoirs. Je vis la Jeep, entendis le haut-parleur, avant de découvrir les quatre hommes derrière le véhicule. Quatre *djounoud*, pieds nus, vêtus d'une tenue militaire composite qui assemblait chemise kaki et séroual[1]. Une corde serrait leur cou et les reliait les uns aux autres. Aussitôt, je songeai aux bourgeois de Calais dont notre professeur avait raconté la triste histoire. Une large pancarte ballottait sur le ventre du premier prisonnier. La phrase était inscrite en français :

Moi, Bensemmane Toufik, j'étais responsable du F.L.N. Mes vingt-quatre complices sont en prison. Ne m'imitez pas. Vive l'Algérie française.

Le défilé ressemblait à une parade de cirque sans applaudissement. Silence et humiliation. Les *djounoud* entravés s'immobilisèrent devant moi. La peur marbrait leur peau de taches brunes. L'un des hommes urina. La flaque grandissait entre ses jambes ; une rigole coula le long du trottoir. Je sentis des larmes sur mes joues.

— S'il te plaît... *ourassek... ourassek...*

Mon voisin étouffa ma prière d'un coup violent dans les côtes, mais je dus cependant fermer les yeux pour ne plus apercevoir le filet de liquide. Le haut-parleur de la Jeep grésilla.

— Ces bandits rebelles seront jugés, ils risquent la

1. Pantalon bouffant.

peine de mort. Ce matin, d'autres assassins ont commis de lâches attentats dans notre ville. A leur tour, ils seront pris, peut-être exécutés, comme eux. Eux aussi s'imaginaient pouvoir tuer tranquillement, aujourd'hui, admirez leur soi-disant courage de moudjahidin ! Ils tremblent de peur. Pourtant, d'autres chefs rebelles, comprenant la détermination du général de Gaulle, rejoignent nos rangs. Ils se mettent au service d'une Algérie nouvelle que construiront côte à côte les habitants de ce pays. Il est de votre intérêt de coopérer avec les forces de l'ordre.

Les prisonniers se remirent en marche. Ils essayaient de coordonner leurs pas afin de ne pas subir l'étranglement de la corde. A nouveau la foule occupa la chaussée comme la mer recouvre la plage. Après quelques minutes d'incertitude, le brouhaha reprit, enfla, devint plus assourdissant encore parce que le bruit gomme la mémoire. Mais les odeurs avaient disparu, les couleurs s'étaient ternies, les bocaux d'épices des mozabites ne contenaient que des poudres banales.

Paul était sous le marché couvert, en compagnie de deux camarades du lycée. Le quadrilatère puant, carrelé et régulièrement douché, servait de refuge contre la chaleur. C'était aussi un excellent lieu d'observation : du haut de l'escalier, on voyait à la fois l'intérieur du marché, la rue en contrebas et l'entrée de la poste, située juste en face. Je détestais cet endroit et comprenais mal l'attrait qu'il exerçait sur la plupart des garçons de mon âge. Ce voyeurisme frisait le ridicule, puisque les filles étaient fort rares.

— Bonjour Alexandre, salut Roger.

– Salut Salim.

Des blancs dans leur conversation. Discutaient-ils des prisonniers rebelles ? Des attentats ? Des Arabes.

– Ils passent leurs vacances à Tichy, m'apprit Paul. Plutôt bien, non ?

– Oui... oui, c'est bien pour toi. Je voulais te dire...

– Oui ?

Je n'avais rien à dire. Je cherchai vite, n'importe quoi. Meubler le silence. Faire comme si. L'odeur fade du sang m'écœurait. Où poser les yeux ? Sur les chairs mortes des étals ? Sur Paul et ses compagnons, que je n'intéressais pas ?

– L'autre jour, dans les champs, lorsque tu... tu étais près de mon père.

Paul ne m'aidait pas. Ses pieds raclaient la rambarde de fer forgé à laquelle s'appuyaient Alexandre et Roger.

– Ah oui, l'autre jour, reprit-il, indifférent.

J'en avais trop dit et, maintenant, la nudité des mots m'effrayait.

– Je regrette d'avoir pensé que tu surveillais mon père.

Le visage en lame de couteau de Roger se fendit d'un sourire hypocrite.

– Vous êtes réellement mignons, tous les deux, mais j'ai l'impression d'écouter aux portes. Viens, Alexandre, je t'offre une *gazouze*[1] à la Potinière.

– Plaisantez pas, les mecs, la *gazouze* m'intéresse aussi ! Bon, Salim, on discutera de ça plus tard. N'oublie pas le rendez-vous, dans une demi-heure.

A mon grand soulagement, il me planta là. Qu'aurais-je fait en leur compagnie ? Comme s'il

1. Toute boisson gazeuse du genre limonade.

espérait emprunter une issue autre que l'unique escalier existant, Paul accomplit un tour complet du marché. Ses amis avaient-ils changé d'avis ? Quoi qu'il en soit, je demeurerais près de la sortie, l'obligeant à me croiser une nouvelle fois. Je grattais ma plaie. J'avais un alibi, puisque j'attendais mama Khadidja et Zohra que j'apercevais un peu plus loin. Ma mère marchandait un poulet ; elle le triturait de ses mains fortes et je supposais que la manœuvre d'intimidation durerait longtemps. S'il le fallait, Zohra, en retrait mais attentive, prendrait le relais. Leur complicité était rodée. En général, sensible à la marque des chairs, le marchand cédait aux exigences de mama Khadidja. J'avais donc le temps et, à cet endroit, quelques bouffées d'air atténuaient les odeurs infectes.

Djamila la folle affirmait que, lorsque les djinns s'acharnaient, il était vain de fuir. Elle avait raison. Parmi les soldats qui pénétraient sous la halle, je reconnus Jeannot. Il était encombré d'un détecteur de mine qu'il tenait comme une canne à pêche, découvrant ainsi les larges taches humides qui auréolaient ses aisselles. Les militaires marchaient à distance, surveillant de leur P.M. les déplacements de la foule. L'un d'entre eux me repoussa et se plaça en sentinelle au sommet de l'escalier. Les autres, scindés en deux groupes, ratissaient les allées latérales. Je rejoignis mama Khadidja et Zohra qui avaient vu les soldats Ma mère me prit le poignet et m'attira contre elle.

– Ne bouge pas d'ici !

Sa voix était brutale. Un ton inconnu.

– Vérification d'identité ! annonça un des militaires dans le porte-voix. Des terroristes étant signalés, nous fouillerons quelques personnes au hasard et vous prions de bien vouloir accepter ces contrôles effectués dans votre intérêt.

Mama Khadidja me désigna un couffin rebondi :

– Prends-le et suis-nous !

Son propre chargement et celui de Zohra étaient plus volumineux encore.

– Et les poulets ? geignit le marchand.

Mama Khadidja haussa les épaules.

Pourtant, nous n'échapperions pas au contrôle. Les soldats procédaient méthodiquement. Deux d'entre eux examinaient les pièces d'identité ou vidaient un couffin, le troisième menaçait de son arme. Ils avançaient prudemment, ouvrant le passage au gré de leur choix. Je me sentais un peu stupide à devoir reculer ainsi, tel un poisson nageant vers le filet. Mais ma mère avait davantage de jugeote qu'un poisson : la dernière boutique du marché était celle de M. Tulard, un Français, connu de toute la ville et que négligeraient probablement les soldats. Dès que mama Khadidja fit mine de s'intéresser à sa marchandise, il nous accueillit avec de grands gestes enveloppants.

– La meilleure viande de Sétif ! clama-t-il. Entièrement conservée en chambre froide. Tiens, regarde, je te la montre, tu peux entrer si tu ne me crois pas, le Groenland à côté c'est l'Enfer. Viens toucher, c'est comme du bois, à Paris ils ont même pas ça, peut-être ils savent pas que ça existe...

Sans interrompre son discours, il fit claquer les verrous des portes, dévoilant les carcasses suspendues aux crocs révoltants. La nausée. Jamais plus je n'avalerai une bouchée de viande.

– Les autres – d'une pichenette, il désigna ses méprisables confrères – ne possèdent pas de si belles installations : tu imagines, avec la température !

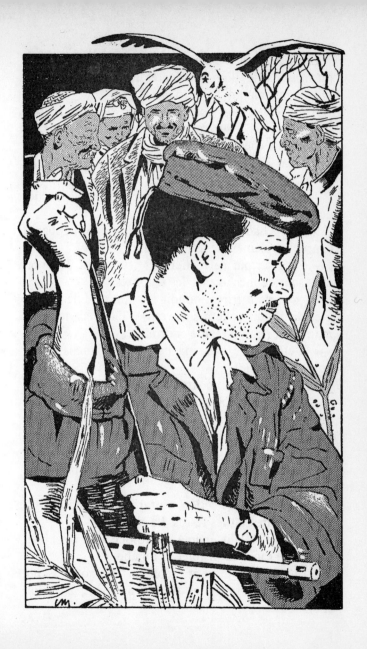

Le silence, destiné à apprécier l'horreur de la chose, fut brisé par le djinn qui s'entêtait : Jeannot.

– Te revoilà, toi ! Bouge pas !

Il dut casser son dos crochu afin de promener la « poêle à frire » sur mon corps. C'était absurde, je portais une chemisette et un pantalon de toile mince. Il insista. Les bras nus. L'entrejambe. L'entrejambe encore. Il me faisait mal.

– Occupe-toi plutôt des femmes ! s'énerva un des deux autres soldats.

Mama Khadidja se raidit. Le disque de l'appareil courut rapidement le long du haïk.

– Faut surtout se méfier des jeunes, fit Jeannot, elles sont de mèche avec les fellouzes.

La « poêle à frire » bondit sur Zohra. Elle recula. L'engin restait collé à son ventre. Elle l'écarta de la main, il revint au même endroit.

– T'effarouche pas, ma belle, c'est jamais qu'un bout de ferraille.

Le soldat cracha un rire épais.

– J'utiliserais volontiers mes mains, mais le règlement est formel : bas les pattes avec les *moukères*. En haut lieu, ils se foutent pas mal des petits plaisirs de la troupe.

J'aurais dû dire quelque chose. C'était ma sœur. J'étais l'homme.

L'appareil de détection s'attardait. Montait. Descendait. Caressait les fesses. La poitrine.

– Ça suffit ! dit mama Khadidja. Tu vois bien qu'elle ne cache ni pistolet ni bombe.

– Ça suffit si je veux, répliqua Jeannot. Jusqu'à preuve du contraire, les Arabes ne font pas la loi. Alors, basta !

Pourtant, il retira l'engin et, d'un bref revers de main, épongea son front qui dégoulinait. Autour de nous, le vide s'était fait. Ne restait que M. Tulard, à l'abri de son comptoir. Il observait la scène d'un air chagrin.

Soudain, j'aperçus Paul. Seul. A quelques mètres de notre groupe. Aussitôt, j'oubliai mon orgueil et ce violent désir que j'avais de provoquer son embarras. Je capitulai sans hésiter tant j'avais besoin de son aide. Je m'approchai de lui.

— Reste là, toi ! aboya un militaire.

Trop tard. Je n'obéirai pas. Il m'empoigna, me fit valser de gauche à droite et me lâcha. Emporté par le mouvement de balancier, je titubai sournoisement jusqu'à Paul.

— Dis quelque chose... s'il touche Zohra... s'il te plaît... *ourassek. Ourassek.*

Cette fois, je ne demandais plus l'impossible, mais la reconnaissance d'une ancienne amitié. Pas davantage.

— C'est la guerre, répondit Paul, je te l'ai dit plusieurs fois. Les soldats font leur boulot.

Ses yeux verts étaient limpides. Il me tourna le dos, se fondit dans la foule. Je voyais Paul pour la dernière fois.

— Au fait, ricanait Jeannot, est-on certain qu'il s'agit d'une *moukère ?* Rappelez-vous les consignes du pitaine : des fellouzes se cachent sous le haïk afin de déjouer les contrôles. On vérifie ?

Les regards des autres soldats flambaient. Allez, fais-le ! Chiche ! Jeannot se débarrassa du détecteur de mine. Il s'avança, un rire niais pendu aux lèvres, et abaissa le voile de Zohra.

Chapitre cinq

J'avais rejoint Rachid auprès du marabout et j'attendais qu'il veuille bien s'intéresser à moi. Il feuilletait le carnet, adossé au sanctuaire. Parfois, il hochait imperceptiblement la tête. Il avait encore maigri. Deux yeux – brûlot au-dessus d'un corps émacié. La bouche mangeait les joues. Il m'effrayait, mais j'avais envie de rire. Lorqu'il eut terminé sa lecture, il arracha les pages écrites, les réduisit en morceaux et donna les confettis au souffle du sirocco.

– C'est bien, Salim, dit-il de sa voix douce. Maintenant, je sais que la *katiba* peut compter sur toi.

Il chercha dans ses vêtements, retira de je ne sais où une étoffe froissée qu'il déploya sur le toit bombé du *koubba*.

– Tu reconnais ?

– Évidemment ! Le drapeau F.L.N.

– Non, Salim ! Le drapeau de l'Algérie. Notre drapeau. Ce pour quoi je me bats.

Il fixait le tissu vert et blanc avec intensité, le caressait du bout des doigts.

– Le vert : le paradis, le blanc : l'espoir, l'étoile : l'Algérie. La liberté dans une minuscule étoffe. Le res-

pect de nous-mêmes. Qui porte ce drapeau sur lui risque la mort.

Mourir pour un carré de toile me semblait idiot. Je voulus le dire à Rachid, mais il m'interrompit dès les premiers mots.

— Il faut un temps pour tout et ton heure n'est pas encore là. Un jour, tu comprendras pourquoi je suis prêt à sacrifier ma vie pour un drapeau. Tu as parcouru un long chemin.

Rachid replia le tissu, y déposa un baiser et le glissa sous sa chemise. Puis il se leva, fit quelques pas lents autour du *koubba* de Sidi Bou Djema. Il écartait les grosses pierres du bout de ses Pataugas, marchait le dos courbé comme s'il scrutait un sol dangereux. Il m'appela auprès de lui.

— Regarde devant toi, aussi loin qu'il t'est possible. Que vois-tu ?

— Des collines... des champs... quelques maisons...

— Rien d'autre ?

Je haussai les épaules.

— Tu apprendras aussi à voir. Les Français nous ont même volé nos yeux. Salim, il y a le soleil couchant qui féconde une dernière fois la terre brune, il y a le murmure du vent qui traverse les mers et nous traite d'hommes sans orgueil, il y a le parfum persistant des lauriers-roses marié à l'odeur d'amande amère qui descend du djebel Babor, il y a le cri de misère des fellahs, prisonniers de leur cœur soumis, il y a la beauté des visages cachés des femmes, il y a... et toi, tu vois des champs...

Rachid appuyait sa main sur mon épaule. Une main immense, animée d'imperceptibles frémissements qui me brûlaient. J'évitais de bouger, espérant que Rachid me raconterait encore l'Algérie.

– Que vois-tu encore, Rachid ?

Ses yeux étonnés m'effleurèrent puis décrivirent une courbe lente jusqu'au ciel embrasé.

– Les grains de couscous coulant entre les doigts des femmes, sans cesse, jusqu'à former un fleuve d'abondance ; le bleu de la mer que je n'ai jamais vue, le bruit de la vague qui hante mes tympans, la honte de mon père lorsqu'il perçoit quinze mille francs[1] de salaire pour son mois de travail ; la poussière que soulèvent les bourricots, le froid qui nous terre l'hiver dans les gourbis, et les mots Al Djezaïr que le vent porte jusqu'à la côte.

Rachid se tut. Nous étions serrés l'un contre l'autre, contemplant le paysage. Je connaissais chaque repli de terrain et pourtant je découvrais un autre monde. Aucun bruit ne troublait le crépuscule. J'étais si bien que j'aurais aimé disparaître, comme le soleil à l'horizon.

– Pourquoi ne replaces-tu pas le carnet sous la roche ? demandai-je à Rachid.

– Maintenant, il est inutile, la *katiba* dispose de toutes les informations nécessaires...

Rachid hésitait. Il s'accroupit, rassembla une poignée de poussière qu'il fit couler entre ses doigts.

– Ne reste pas debout ainsi. Salim, tu es instruit... comme moi, tu as eu de la chance... mais c'est le cas de peu de nos compatriotes. Tu rendrais de grands services dans nos rangs.

– Jamais je ne serai *djoundi* !

La grimace de Rachid étira ses lèvres fines, mais c'était peut-être un sourire.

– Tu l'es, Salim, mais tu refuses encore de l'admettre.

1. Salaire dérisoire en francs de l'époque.

– Parce que j'ai servi de *chouf?* N'importe qui aurait renseigné l'A.L.N., les militaires ne se cachent pas.

– Non... non, ce n'est pas cela... Lakdar pense que... Qu'importe, pour l'instant, le temps presse.

Il aplanit le monticule de poussière accumulée entre ses jambes, y dessina un rectangle puis écrasa son index au centre de la figure géométrique.

– Voici la ferme Barine. Une section de *djounoud* l'attaquera une prochaine nuit.

Sa voix si douce avait maintenant des sonorités rauques et le débit de ses paroles s'accélérait. Ses yeux perdaient leur mobilité, toute trace de gentillesse à mon égard avait disparu.

– Vous êtes fous, murmurai-je, complètement fous... Ma mère, mon père...

– Il n'y aura aucune victime, coupa Rachid, du moins cela dépend de toi.

Je ne l'écoutais pas. L'énormité de l'information me coupait le souffle.

– Monsieur Edmond n'est pas méchant, il...

Rachid me secouait le bras.

– Réveille-toi, Salim ! Barine est un colon français qui occupe notre pays et te fait l'aumône plus grassement que d'autres, un point c'est tout ! Continueras-tu longtemps à baiser la main qui te maintient en esclavage ? Barine est un ennemi.

Il se pencha si près de mon visage que je sentis l'haleine fade de sa bouche et me heurtai à la violence de ses traits tendus. Son poing assenait les mots.

– Nous DEVONS attaquer la ferme, sinon l'emprise de la *katiba* sur les Hautes Plaines sera contestée. Très vite, se répandra la rumeur que l'A.L.N. respecte ou craint les Français libéraux et, dans ce cas, nous sommes perdus ! Salim, l'indépendance de l'Algérie exige que la *katiba* instaure partout sa loi ! Si un maillon cède, tout cède ! Tu comprends ?

– Non !

– Tu le comprendras ! Mais rassure-toi : il s'agit seulement d'incendier deux ou trois machines, de montrer que, si l'armée française impose sa loi le jour, la nuit l'A.L.N. reprend le contrôle des Hautes Plaines. Rien de plus.

Je me détendis un peu, mais une douleur sourde me pinçait toujours le ventre. Je m'étonnais de ne pas détester Rachid. Au contraire, sa détermination m'impressionnait. J'enviais sa passion.

– Monsieur Edmond défendra sa propriété, affirmai-je, montrant la ferme de poussière.

– Il n'en aura pas le temps. Un peu d'essence, une allumette...

– Les soldats tireront !... L'incendie gagnera la ferme ! ... Des nôtres risquent la mort !

Rachid aspirait lentement de grandes goulées d'air qu'il libérait avec parcimonie. Je compris bien plus tard qu'il s'agissait là d'une habitude acquise dans les caches, lorsque l'armée rôdait à proximité. Son regard s'attachait au mien. Je ne parvenais pas à fuir.

– Les hommes de la section sont entraînés. Au pis, seul le hangar extérieur brûlera. Barine est assuré, il reconstruira de plus grandes installations. Par contre, les sentinelles... Combien sont-elles ?

– Trois.

– Relevées toutes les deux heures ?

– Non. Elles dorment à tour de rôle et veillent la nuit entière.

— Tu as raison, les soldats tireront, annonça Rachid. La section ripostera. Il y aura des morts et cela, je ne le veux pas.

— Alors, n'attaquez pas la ferme.

— Il le faut ! Selon nos informations, un nouveau contingent est attendu à la base d'Aïn Arnat, ce qui signifie qu'ils opéreront une relève. Au cours du chassé-croisé, il y a toujours un jour ou deux durant lesquels la garde des bâtiments agricoles n'est plus assurée. Il suffirait de savoir à quel moment la ferme Barine n'aura plus sa garde.

La nuit du premier août. La nuit du premier août, la ferme serait sans défense. J'entendais encore la joie de Michel :

— Pas tout à fait la quille, Salim ali koume, mais photographe à Constantine. La planque. Je me tire le premier août, les copains aussi d'ailleurs. Pas de bidasse à la ferme ce soir-là et paix à l'âme des pauvres bougres qui nous remplaceront.

Si je ne disais rien, les *djounoud* renonceraient à l'attaque. Si je parlais...

Pourquoi ne puis-je me souvenir de ces quelques secondes qui décidèrent mon choix ? La volonté de Dieu est parfois humiliante.

— Au cours de la nuit du premier au deux août, aucun soldat ne surveillera la ferme Barine, dis-je à Rachid.

Deuxième partie

L'attaque de la ferme Barine eut lieu à vingt-trois heures, dans la nuit du premier au deux août. Elle dura moins de vingt minutes. La section chargée de l'assaut était composée de combattants aguerris qui réalisaient là une banale opération.

Rachid avait choisi dix hommes au sein de la *firka*[1]. Cinq, dispersés autour des bâtiments, lanceraient les grenades et placeraient les charges incendiaires. Auparavant, un *djoundi* s'était glissé jusqu'aux habitations des ouvriers agricoles. Quelques minutes plus tard, les six employés se fondaient dans la nuit. Bien sûr, Tayeb et sa famille avaient été laissés dans l'ignorance.

– Exécutons Tayeb le traître ! avait exigé un des hommes.

– Non !

Rachid était commissaire politique et son ordre ne se discutait pas.

– N'y touchez pas, pas plus qu'à aucun membre de la famille Bellilita. C'est le prix à payer si nous voulons récupérer Salim.

. Section d'une trentaine d'hommes.

Les chiens avaient été empoisonnés. Ainsi, l'approche de la ferme s'était faite dans le silence complet d'une nuit sans étoiles.

Dès les premières explosions, Barine, entièrement nu, était apparu dans la cour de la Maison Rose. Rachid était en faction. Une rafale de mitraillette coucha Barine au sol. Son corps, qu'éclairaient les lueurs fantasmagoriques de l'incendie, se vida d'un sang clair qu'absorba goulûment la terre sale.

La famille de Tayeb se réfugia à quelques dizaines de mètres des bâtiments. Les tonnes de paille brûlaient en dégageant une chaleur insupportable. Pas une fois, le clan Bellilita ne pensa à la fuite, pourtant Tayeb attendait la mort. Lorsque Rachid s'approcha, le contremaître de la Maison Rose comprit tout et tout de suite. Il sut que l'épreuve serait plus terrible que sa propre mort.

— Pars avec les bandits, mon fils, ordonna-t-il à Salim.

— *Ba*[1] !

Tayeb repoussa de la main la mitraillette que tenait Rachid.

— Tu prends mon dernier fils, aie au moins le courage de lui dire la vérité.

— Bientôt, les Français apprendront qui nous a informés, dit Rachid. Avec Barine, tu étais le seul à posséder un renseignement que les sentinelles n'avaient pas le droit de divulguer. Tu seras emprisonné, ainsi que ta famille... Tu n'as plus le choix.

— Va, mon fils, va, dit Tayeb. N'embrasse pas ta mère ni tes sœurs, va...

Déjà, il s'en allait, se perdait dans les fureurs oranges qui illuminaient la plaine.

1. Papa.

Malgré les crépitements du brasier, Rachid écoutait la nuit. Les Français ne tarderaient pas. Quelques heures auparavant, Lakdar avait été arrêté.

Rachid donna l'ordre du repli.

Lakdar avait été arrêté en fin de journée, alors qu'il regagnait la ferme. Depuis quelque temps, il était soumis à une étroite surveillance. Il fut aussitôt conduit à l'écart, dans un local réservé aux interrogatoires. Divers recoupements laissaient prévoir une nouvelle recrudescence d'opérations rebelles sur l'ensemble du territoire des Hautes Plaines. Le lieutenant Leluche avait été direct.

— Vous avez une heure pour que le fellouze crache ce qu'il sait. Et il sait tout !

Lakdar avait tenu, jusqu'à minuit. Alors, il avait avoué l'attaque de la ferme Barine. Il n'était plus qu'une forme sanglante attachée à une conduite d'évacuation d'eau.

— Il est foutu, mon lieutenant, prévint un des soldats qui avait torturé Lakdar. Ce fumier nous a donné du fil à retordre, impossible de finasser.

— Peu importe, chargez-le dans le Dodge ! On y va.

La compagnie arriva à la ferme Barine aux alentours de une heure du matin. Il ne restait des bâtiments qu'un gigantesque amas de braises semblable à une coulée de lave.

— Flanquez le fel là-dedans ! commanda le lieutenant Leluche. Il passera pour une victime de ses copains

— Mais, mon lieutenant... il respire encore...

Leluche tira une rafale.

— Voilà, il ne respire plus Et aucune explication à donner sur l'état dans lequel vous l'avez mis

La compagnie découvrit Tayeb rôdant autour de la ferme. Sa famille, ainsi que les ouvriers agricoles, s'étaient évaporés dans la nuit, les puissants projecteurs n'éclairaient qu'un maigre cercle de champs vides, que balayait un vent frais descendu du djebel Babor.

– Où est ton fils ? demandèrent les soldats. Lakdar a avoué.

Tayeb leva un visage hébété. Des cloques boursouflaient sa peau brûlée.

– Mon fils, il est en France, il travaille chez Simca.

Tayeb fut abattu.

– Déposez le corps près de celui de Barine, conseilla le lieutenant Leluche. Encore un qui n'était pas mauvais bougre avant de choisir le camp des fels.

Dépêche de Constantine, 3 août 1958.

Nouveau massacre dans la nuit du 1ᵉʳ au 2 août : trois morts.

Un groupe de rebelles a attaqué une ferme isolée, près de Sétif, dans la nuit du premier au deux août. Comme d'habitude, les criminels ont agi sans coup férir : cette nuit-là, la ferme Barine n'était pas gardée et les rebelles étaient évidemment informés. Par qui ? Là réside une grave question à laquelle l'enquête devra absolument répondre.

Quoi qu'il en soit, en quelques minutes la ferme a été complètement ravagée par l'incendie. Au cours de l'attaque, le propriétaire, Edmond Barine, dont la famille était installée dans la région depuis 1848, a trouvé la mort, fauché d'une rafale de mitraillette. Heureusement, sa mère, sa femme et son fils, actuellement en vacances à Tichy, ont échappé à l'odieux massacre. Cette chance, deux fidèles ouvriers musulmans ne l'ont pas eue. L'un d'eux, Tayeb Bellilita, est mort en défendant la ferme aux côtés d'Edmond Barine. Quant à Lakdar Guerroudj, dont le corps calciné reposait sous les décombres, sans doute a-t-il voulu lutter contre le feu ? Le reste du personnel avait disparu et il n'est pas irresponsable d'imaginer là les lâches complicités que nous évoquions plus haut.

Une fois de plus, notre splendide été algérien est donc ensanglanté par d'atroces attentats que les rebelles perpétuent la nuit, en toute impunité. Cependant, qu'ils ne se fassent aucune illusion et relisent les discours d'Alger, ou de Mostaganem, du général de Gaulle. L'Algérie est et restera française.

Épilogue

1962 : la paix. Après huit ans de guerre, la paix enfin, mais une paix douloureuse.

Les premiers mois de 1962 ressemblent à l'apocalypse. Les communautés s'affrontent et les attentats meurtriers se multiplient de part et d'autre. Ainsi, 3, 4 janvier à Oran, dix-neuf morts ; 14 janvier à Alger, huit morts dans un attentat O.A.S. ; le même jour, à Alger encore, quatre morts dans un attentat F.L.N.

C'est dans ce contexte de violence que le 18 mars 1962, les délégations française et F.L.N. réunies à Evian signent un ensemble de textes connus sous le nom d'accords d'Evian. Le lendemain, le 19 mars 1962, le cessez-le-feu est proclamé sur le territoire algérien.

L'Algérie est alors en pleine anarchie. Heurts entre les communautés. Manifestations de rues qui tournent à l'émeute : le 26 mars, fusillade de la rue d'Isly, quarante-six morts ; attentats de l'O.A.S. (Organisation Armée Secrète qui refuse l'indépendance). Ainsi, du 1er au 15 avril 1962, il y aura cent soixante-quatre morts par acte de terrorisme à Alger.

Les Européens d'Algérie – les pieds-noirs – prennent peur : malgré les accords d'Evian qui pré-voyaient le maintien de la minorité française en Algérie, les départs s'amplifient. A partir de la mi-mai, l'exode des Européens va se transformer en panique et ne plus s'inter-

rompre jusqu'à la fin de l'été. Au total, un million de personnes quitteront leur pays, l'Algérie, (parmi eux, soixante mille harkis – musulmans ayant combattu au côté de l'armée française – fuyant les représailles) et deviendront ceux que les métropolitains appelleront les rapatriés. Ils s'installeront en France, bien sûr, mais aussi en Espagne, en Amérique du Sud, en Afrique... Les pieds-noirs ne perdaient pas seulement leurs biens matériels : ils perdaient leur pays et leurs racines.

Le 8 avril 1962, les accords d'Evian et la politique algérienne du Général de Gaulle sont approuvés par référendum.

Le 1er juillet 1962, en Algérie, un référendum approuve l'accession de l'Algérie à l'indépendance (5 994 000 oui sur 6 034 000 suffrages exprimés).

Le 3 juillet 1962, le Général de Gaulle reconnaît officiellement l'indépendance de l'Algérie. Le G.P.R.A. (Gouvernement Provisoire de la République Algérienne) arrive à Alger.

Le 5 juillet 1962, proclamation de l'indépendance de l'Agérie.

Les accords d'Evian, devenus très vite caduques, définissaient aussi une politique de coopération entre l'Algérie indépendante et la France. Seule, la coopération culturelle et technique put être mise en place et fonctionna de façon satisfaisante.

En 1967, Paul retourna à Sétif, en tant que coopérant. Durant deux ans, il fut professeur d'histoire-géographie, au lycée Mohamed-Kérouani, ex-lycée Albertini. Salim ne le sut jamais. A l'époque, il occupait une place importante dans un ministère. Salim et Paul aurait pu se rencontrer. Chacun d'eux se rendait fréquemment sur l'emplacement de l'ancienne ferme Barine.

Kassamen binnazilett el mahikat
Oua eddima ezzakiate ettahirat...

Jean-Paul Nozière

Un été algérien

Supplément réalisé par
Christian Biet
et Jean-Paul Brighelli

Illustrations de Chantal Montellier

SOMMAIRE

ÊTES-VOUS, OU SEREZ-VOUS, UN CITOYEN ENGAGÉ ?

ÊTES-VOUS, OU SEREZ-VOUS UN CITOYEN ENGAGÉ ?

Dans ce roman, un jeune garçon s'engage dans l'Armée de libération nationale algérienne. Seriez-vous, vous aussi, capable de vous engager dans un mouvement de résistance ou de participer activement à la vie publique, ou préférez-vous rester en retrait ? Pour le vérifier, répondez aux questions du test et faites le compte des ○, △ et ☐ obtenus.

1. *Lorsqu'un de vos condisciples, se sentant plus fort, se permet d'en insulter un autre, vous vous indignez :*
A. Toujours △
B. Parfois ☐
C. Jamais ○

2. *On vous propose, dans la rue ou dans votre collège, de signer une pétition :*
A. Vous vous faites tirer l'oreille, vous lisez ensuite le texte attentivement, vous réfléchissez, et vous signez parfois ☐
B. Vous détestez signer des pétitions ○
C. Vous lisez rapidement le texte, vous signez si vous êtes d'accord, et vous discutez avec la personne qui vous a abordé △

3. *Avez-vous jamais entendu parler d'Amnesty International ?*
A. Vous en avez entendu parler, mais vous ne savez pas vraiment à quoi cette organisation correspond ☐
B. Oui, vous connaissez la plupart de ses activités △
C. Non, jamais ○

4. *Si on vous demandait de citer des noms de partis politiques, seriez-vous capable d'en nommer :*
A. Quatre ☐
B. Plus de quatre △
C. Pas plus de deux ○

5. *Pour vous la politique c'est plutôt :*
A. Une affaire de pourris et d'imbéciles ○
B. La préoccupation d'un bon citoyen △
C. Un mal nécessaire ☐

6. *Parmi ces héros, vous préférez :*
A. Gaston Lagaffe ○
B. Superman ☐
C. Zorro △

7. *Parmi ces personnages historiques, lequel préférez-vous ?*
A. Jeanne d'Arc △
B. Ponce Pilate ○
C. Louis XVI ❑

8. *Lorsque vous ouvrez un quotidien d'information vous lisez d'abord :*
A. Les informations internationales △
B. Les pages culturelles ❑
C. Les pages sportives ○

9. *Lorsque vous avez la possibilité de regarder la télévision à 20 heures, vous choisissez :*
A. De jeter un œil sur le journal télévisé ❑
B. L'émission de variété ○
C. De suivre attentivement le journal télévisé △

10. *Parmi ces professions, laquelle préféreriez-vous ?*
A. Journaliste ❑
B. Homme politique △
C. Mannequin ○

11. *Un de vos amis est emprisonné par erreur :*
A. Vous prévenez vos autres amis pour réfléchir et peut-être agir ❑
B. Vous vous battez, vous alertez la presse, jusqu'à sa libération △
C. Vous pensez que, devant la justice, vous serez toujours impuissant ○

12. *Parmi ces verbes, vous préférez :*
A. Dormir ○
B. Rêver ❑
C. Agir △

13. *Vous aimeriez partir dès demain :*
A. Sur une île grecque ○
B. À New York ❑
C. En Inde △

14. *L'un de vos grands-parents raconte comment a été sa vie durant la guerre de 39-45 :*
A. Vous écoutez par politesse ❑
B. Vous lui posez des questions pour mieux connaître cette période △
C. Vous trouvez un prétexte pour échapper à ces histoires qui ne vous intéressent pas ○

15. *En classe, parmi ces matières, vous préférez :*
A. La géographie ❑
B. Le sport ○
C. L'histoire △

Solutions page 141

1
AU FIL DU TEXTE

Dix questions pour commencer

Dans les deux premiers chapitres (p. 9-67), le décor est planté : date, lieu, principaux personnages, tout est prêt. Reste à savoir si vous avez tout retenu : répondez aux questions, avant de vous rendre à la page des solutions.

1. *L'histoire commence :*
A. Le jour de l'indépendance de l'Algérie
B. Le jour de la rentrée au lycée
C. Le 5 juin 1958

2. *Le drapeau algérien est :*
A. Vert, marqué d'une étoile
B. Rouge marqué du croissant
C. Vert et blanc marqué du croissant et d'une étoile

3. *Le père de Paul s'appelle :*
A. Georges Barine
B. Edmond Barine
C. Edmond Sarfati

4. *Quelle décision révolte Salim ?*
A. Le père de Paul ne veut plus qu'il aille au lycée
B. Le père de Paul renvoie le père de Salim de la ferme
C. La grand-mère de Paul interdit à Salim d'aller dans le même lycée que Paul

5. *La maison des propriétaires de la ferme s'appelle :*
A. La Maison Blanche
B. La Maison Française
C. La Maison Rose

6. *Lors de l'incendie des champs de Bellini, les soldats tuent un homme qui :*
A. Tente de fuir
B. Les attaque
C. Court mettre son troupeau à l'abri

7. *À l'égard des récoltes des colons, le F.L.N. pratiquait :*
A. Le vol des récoltes
B. La politique de la terre brûlée
C. L'attaque des convois de grain

8. *Le parfum de Mme Solange s'appelle :*
A. Nuit de Chine
B. Nuit Câline
C. Nuit d'amour

9. *Le rêve de Si Ahmed, le grand-père de Salim, c'est :*
A. D'aller faire fortune en France
B. De mourir à La Mecque
C. De se battre contre les Français

10. *Lakdar appartient :*
A. À l'O.A.S. (Organisation de l'armée secrète)
B. Au F.M.R. (Front militant de résistance)
C. À l'A.L.N. (Armée de libération nationale)

Solutions page 141

Hymne national
(p. 10)

L'hymne national algérien commence par ces mots :
« *Au nom des saintes écritures et du sang fertile et pur, à travers les montagnes sacrées et verdoyantes, nous nous sommes soulevés pour la vie ou la mort, et nous nous sommes juré que l'Algérie serait libre... »*

1. Quelles sont les saintes écritures dont il est question ici ? Et que rappelle cet hymne ?
2. Seriez-vous capable de compléter les paroles (premier couplet et refrain) de l'hymne national français ?

Titre : La ....

Allons .... de la ....
Le .... de .... est ....
.... de la ....
.... sanglant ...., (bis)
Entendez-vous dans ....
Mugir ces ....
Ils .... jusque ....
Égorger nos ......, nos ....

Aux ...., ..., formez ....!
               Marchons! marchons!
Qu'un .... abreuve ....!

3. Comparez les deux textes : en quoi symbolisent-ils chacun leur pays ? Sont-ils tous les deux aussi violents ? Font-ils tous les deux référence à une période précise de l'histoire de leur pays ?

LA MISE EN PLACE DU DRAME
(p. 12 à 67)

L'inquiétude
(p. 13 à 21)

Le père de Paul, sa grand-mère et l'ensemble des colons sont inquiets face à la multiplication des attentats contre les Français.
Relevez les marques de cette inquiétude : les mots, les expressions, la conduite de chaque individu qui font sentir cette crainte et faites-en la liste.
Reprenez ensuite les différents éléments de la liste qui vous paraissent les plus significatifs, et essayez d'écrire vous-même un texte d'une vingtaine de lignes sur une situation conflictuelle, en imaginant un autre décor et d'autres personnages.

Il y a colon et colon
(p. 12 à 18)

Tous les colons ne se conduisent pas de la même manière envers les ouvriers ou les domestiques.
Entre le père de Paul (voir aussi p. 61-62), sa grand-mère (voir aussi p. 57-58) et M. Bellini (voir aussi p. 38), il y a de grandes différences de comportement, en particulier dans l'attitude qu'ils adoptent vis-à-vis des Arabes.

1. Pourriez-vous, pour chacun d'eux, définir ces attitudes ?
2. Laquelle de ces attitudes vous semble la plus juste, et pourquoi ?
3. Laquelle vous paraît la plus scandaleuse, et pourquoi ?

« La terre était la racine de sa vie. »
(p. 25)

C'est ainsi que l'auteur définit l'importance de la terre pour le père de Paul.
- Pourriez-vous expliquer le sens de cette affirmation ?
- Que peut-on en déduire pour la suite des événements et sur l'attitude à venir de M. Edmond ?
- Que veut-il faire dans le futur ?
- Peut-on, à la lumière de ce souhait futur, douter de son acharnement à conserver sa terre ?

Tayeb, Salim et M. Edmond
(p. 23 à 31)

Pendant l'entrevue avec M. Edmond, Tayeb, le père de Salim se comporte d'une manière bien particulière, lorsque le fermier lui donne des ordres et lors de la discussion qu'il engage sur l'avenir de l'Algérie.

1. L'attitude de Tayeb durant cette entrèvue est très importante puisqu'elle est le reflet de toute sa vie à la ferme :
A. Si vous deviez la caractériser, vous diriez qu'elle est :
- Soumise
- Révoltée
- Indifférente
B. Une phrase revient toujours durant l'entrevue qui trahit cette attitude, c'est :
- « Oui, monsieur Edmond »
- « Mais… monsieur Edmond »
- « Oui, mais… monsieur Edmond »

2. Salim, au cours de cette entrevue, apprend qu'il n'ira pas au lycée l'année prochaine et qu'il va travailler à la ferme. Il sent que tout son monde s'écroule et il hurle en lui-même : « Pourquoi, de quel droit ? »
Répondez vous-même aux deux questions que se pose Salim.
A. En exposant le point de vue de M. Edmond (vous parlerez à sa place, donc à la première personne)
B. En prenant la place de Salim, puis celle de Paul (vous parlerez à leur place, donc à la première personne)

3. Le sentiment qui domine chez Salim, outre la révolte, c'est l'humiliation. Des lectures, ou une expérience, vous ont peut-être révélé ce sentiment. Essayez d'analyser les réactions qui en ont résulté. Est-ce que, comme chez Salim, c'est la haine qui en est la principale conséquence ?

Solutions page 142

L'affrontement des Horaces et des Curiaces
(p. 37)

A quelle tragédie classique Paul fait-il référence ? La situation vous paraît-elle semblable (si vous voulez répondre à cette question, il faudra, évidemment, avoir lu la pièce) ? Connaissez-vous d'autres œuvres littéraires où il est question, comme ici, de deux frères (ou amis) qui deviennent ennemis ? Racontez.

Solutions page 142

La Dépêche de Constantine et le *Bulletin du F.L.N.*
(p. 37 et suivantes)

Écrivez l'article tel qu'il aurait pu paraître, à la suite de l'incendie des champs de la ferme Bellini, dans la *Dépêche de Constantine* (journal qui s'adresse aux colons, relu et corrigé par la censure militaire) en insistant sur la prise de parti contre l'action du F.L.N.
Écrivez ensuite un article qui aurait pu paraître dans un bulletin clandestin du F.L.N. justifiant cette action.
Imaginez enfin un article paru dans la presse anglaise ou américaine se voulant neutre et explicatif.

Les soldats
(p. 39 à 45)

Si vous étiez un observateur neutre de la Croix-Rouge ou de l'O.N.U. et qu'on vous demande de faire un rapport sur ce qui s'est passé dans la mechta, lors de l'interrogatoire mené par les soldats français à la suite de l'incendie des champs de la ferme Bellini, comment feriez-vous pour :

1. Définir l'attitude des soldats français (en distinguant différents types de comportement)

2. Définir le comportement des habitants de la mechta (vous savez l'arabe et vous avez entendu la conversation de Salim et du vieillard)

3. Établir les responsabilités sur la mort du fuyard, et proposer, ou non, des sanctions en les motivant

Le « militaire curieux »
(p. 48-49 et 54)

Après avoir relu les pages 48-49, essayez de prendre la place du militaire et de prolonger ses réflexions sur le rôle qu'il joue en Algérie, sur le jugement qu'il a de la guerre et sur les conseils qu'il donne à Salim.
À votre avis, quel est le métier de ce jeune homme en France métropolitaine ? Quelle conduite politique aura-t-il lorsqu'il reviendra d'Algérie ?
Qui est Toussaint Louverture ? Cherchez dans une encyclopédie et racontez l'histoire de ce grand personnage de la révolte contre l'esclavage. En quoi la révolte de Toussaint Louverture a-t-elle quelque chose à voir avec la lutte des Algériens ?

L'engagement
(p. 62 à 67)

Lorsque Salim arrive chez Lakdar, il y voit un livre. Il s'agit de *La Peste* d'Albert Camus. Lakdar va utiliser une phrase du roman pour convaincre Salim de rejoindre la résistance algérienne.
Quelle est cette phrase et, à votre avis, que signifie-t-elle dans ce contexte ? En quoi consisteraient la folie, l'aveuglement ou la lâcheté ? Qu'est-ce que la peste, pour Lakdar ? Pensez-vous, comme lui, que cette phrase puisse s'appliquer aux circonstances de 1958, et pourquoi ?

Premier petit vocabulaire d'arabe
(p. 9 à 67)

Dans cette première moitié du roman, des mots arabes usuels apparaissent en transcription, les avez-vous retenus ? Dans ce cas, vous n'aurez aucun mal à faire correspondre les chiffres et les lettres.

1. Ouach ra'ak   A. Ça va
2. Labès   B. La transhumance vers le sud
3. Msa el kheir   C. Tente des nomades
4. Achaba   D. Bonsoir
5. Katiba   E. Compagnie de 100 hommes
6. Moudjahid   F. Soldats
7. Djounoud   G. Soupe à base de viande de mouton
8. Khaïma   H. Combattant d'une guerre sainte
9. Chorba   I. Guetteur
10. Chouf   J. Comment ça va ?

Solutions page 142

Dix questions pour conclure

A partir du moment où Salim a dit « oui » à Lakdar, les événements se précipitent. Ces pages du roman (de la page 68 à la fin) sont celles de la déchirure entre Paul et Salim. Si vous les avez bien lues, vous répondrez facilement aux questions

1. *Le nom de famille de Maria, la petite amie de Paul, est :*
A. Vertbois
B. Martin
C. Beauchemin

2. *Le nom de code du responsable du F.L.N. avec lequel Salim est en contact est :*
A. Rachid
B. Abdhallah
C. Ahmed

3. *Quels « graves événements »
se produisent à proximité de
Chasseloup-Laubat ?*
A. Une récolte et une ferme
sont détruites
B. Un fermier et un
représentant de matériel
agricole sont assassinés
C. Un combat a lieu entre le
F.L.N. et l'armée française

4. *M. Edmond injurie
sa mère quand :*
A. Elle insulte le personnel
arabe
B. Elle enferme Paul
à la ferme
C. Elle gémit après
l'assassinat de plusieurs
colons

5. *Après l'attentat dans la
ferme voisine, les six soldats
armés rassemblent :*
A. Tous les habitants
de la ferme
B. Tout le personnel
musulman
C. Les hommes musulmans

6. *Paul se trouve dans les
champs, armé d'un fusil de
chasse, pour :*
A. Chasser les cigognes
B. Jouer à la guerre
C. Protéger les ouvriers

7. *A Tichy, la mère de Paul
rêve :*
A. Aux côtes de France
B. A son mari
C. A la ferme

8. *Le militaire suspecte
Salim, à Sétif, parce que :*
A. Salim le regarde
dans les yeux
B. Salim l'insulte
C. Salim ne le regarde pas

9. *Salim et Paul se voient-ils
pour la dernière fois :*
A. A la ferme
B. Au marché de Sétif
C. Sur la route menant
à la ferme

10. *Dans les années 1967-
1968, Paul est retourné :*
A. cultiver la ferme de son
père
B. A Sétif, comme
professeur d'histoire-
géographie coopérant
C. En Algérie pour venger
son père

Solutions page 142

LA DÉCHIRURE
(p. 68 à la fin)

Le rêve de l'immigration
(p. 69)

Le narrateur écoute les jeunes Arabes parler d'une possible immigration en France métropolitaine et des fortunes qu'ils espèrent amasser là-bas. Après vous être renseigné sur les conditions dans lesquelles les immigrés ont vécu et vivent encore en France, essayez d'imaginer trois textes différents :

Celui d'un jeune arabe vivant en Algérie (vous écrivez à la première personne). Ce jeune homme rêve à tous les éléments positifs qui l'attendent en France (l'argent, le travail, Paris, la vie de tous les jours vue sous un jour agréable).

La lettre du même jeune homme à son père, quelque temps après avoir quitté l'Algérie, et qui tente de présenter la réalité sous un jour favorable.

Une sorte de rapport exact des conditions de vie dans une cité de banlieue et des conditions de travail dans un chantier du bâtiment.

De l'ami à l'ennemi
(p. 76 à 88)

Les relations entre Paul et Salim se dégradent au fur et à mesure que les attentats contre les colons français se multiplient. Entre la page 76 et la page 88, plusieurs événements, phrases et attitudes indiquent que le fossé se creuse entre les deux garçons.

Relevez ces événements et dites comment cette séparation se fait sans que l'un et l'autre y puissent quoi que ce soit.

Vous rédigerez ensuite un texte en prenant la place de Paul pour expliquer en quoi la ferme et les terres lui appartiennent.

Enfin, vous écrirez la réponse que Salim aurait pu faire à Paul lorsqu'il lui a posé la question : « Qui a commencé ? Réfléchis, Salim, qui a commencé ? » (p. 82)

Avant le drame
(p. 85...)

Face aux événements qui précèdent le drame final, où placeriez-vous ces personnages dans le tableau suivant ?

Mme Barine mère - M. Edmond - Tayeb - Lakdar - Paul - Salim - Solange

Ceux qui veulent que
la situation s'arrange

....
....

Ceux qui pensent que
rien ne peut s'arranger

....
....

Ceux qui hésitent encore

....

Celui (ou celle) qui est
extérieur à la question

....
....

Solutions page 142-143

Les marchés du Sud
(p. 91-92)

Salim décrit la cohue du marché de Sétif, ses couleurs, ses odeurs, ses bruits. Faites à votre tour la description d'un marché en insistant sur les mêmes éléments, puis remplissez les places vides laissées dans ce texte avec les mots qui vous paraissent les plus significatifs pour décrire un marché de votre choix.

« J'aimais les ....des ...., les odeurs mêlées de .... et d'...................., les .... des enfants .... leurs ....de .... Je m'apprêtai à pénétrer sous .... Lieu .... où régnaient les .... et les marchands de .... A l'odeur des ...., succédaient l'exhalaison .... de ...., les .... des .... »

« Je rêvais d'un monde autre... »
(p. 91)

« Je rêvais d'un monde autre, coloré, bruyant, sans limite. Un monde qui m'attendait. »

Salim, bercé par l'ambiance joyeuse et colorée du marché, se met à rêver. Que signifie ce rêve : est-ce le monde de la paix avec les colons ? Est-ce le monde d'après l'indépendance ? Est-ce un autre monde encore ? Décrivez ce rêve de Salim en donnant des détails précis.

Les couleurs du drapeau algérien
(p. 101 à 102)

Selon Rachid, chacun des éléments du drapeau algérien correspond à une signification symbolique, laquelle ?

1. Le vert   **A.** L'Algérie
2. Le blanc   **B.** L'espoir
3. L'étoile   **C.** Le paradis
4. Le croissant   **D.** L'Islam

Solutions page 143

Pourquoi attaquer la ferme Barine ?
(p. 104 à 106)

L'attaque de la ferme Barine est décidée. Rachid tente de convaincre Salim de la nécessité de cette attaque. Quels sont les deux principaux arguments que Rachid met en avant ? Essayez de les retrouver dans la liste ci-dessous.

A. Parce que M. Barine est un colon et qu'il faut combattre tous les colons

B. Pour se venger des actions de l'armée française

C. Pour les idées de M. Barine

D. Pour instaurer partout la loi de l'A.L.N.

E. Pour obliger Salim à rejoindre les fellaghas

Solutions page 143

Je / il
(p. 107 à la fin)

A la fin du texte, le narrateur n'est plus le même et le récit passe de la première à la troisième personne.
Pour quelles raisons pensez-vous que l'auteur en a décidé ainsi ? Le narrateur des pages 107 à 110 et 112 est-il le même ? Que permet la « citation » de la p. 112 ? Enfin, que conclure du fait que les caractères utilisés sont différents (italiques, romains) aux pages 113-114 ?
A votre tour, faites un texte où vous utiliserez successivement la première personne, la troisième personne, les caractères romains et les italiques (que vous transcrirez en graphie manuscrite en les soulignant). Tout changement devra répondre à une intention bien précise.

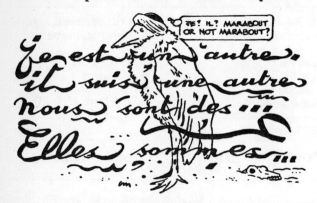

Propagande
(p. 112)

Vous reprendrez les observations faites lors du jeu proposé précédemment (*La Dépêche de Constantine* et le *Bulletin du F.L.N. - page 123*). Vous noterez, à la lecture de l'article de *La Dépêche de Constantine*, les contre-vérités qui y sont glissées et examinerez l'impact de ces fausses nouvelles sur les lecteurs (des colons français).
Puis vous rédigerez un démenti adressé au rédacteur en chef. Comptez-vous adresser un démenti à d'autres journaux ? Si oui, lesquels et pourquoi ?

Second petit vocabulaire arabe
(p. 68 à la fin)

Dans cette seconde moitié du roman, un certain nombre de mots arabes usuels apparaissent en transcription. Si vous en avez noté leur traduction, vous ferez, sans difficulté, correspondre les chiffres et les lettres.

1. Moghazni
2. Makroutes
3. Lembardja
4. Kémias
5. Marabout
6. Koubba
7. Douar
8. Mektoub
9. Melaya
10. Ba

QU'EST-CE QUE JE FAIS LÀ, MOI? JE SUIS UN MARABOUT, PAS UN MARABOUT!

A. Papa
B. Amuse-gueule
C. Supplétifs musulmans
D. Village
E. Personnage religieux, par extension, tombeau
F. Voile (noir ou blanc) que portent les femmes
G. Gâteau
H. C'est écrit
I. Sanctuaire
J. Gâteau

Vous avez maintenant acquis, avec ce jeu et avec le jeu précédent (premier petit vocabulaire arabe, *page 125*), vingt mots arabes dont vous allez vous servir pour rédiger un texte portant sur la guerre d'Algérie. A vous d'inventer ! Vous pourrez d'ailleurs compléter avec les quelques mots de vocabulaire pied-noir qui se trouvent dans le texte.

Solutions page 143

2
LE DOSSIER ALGÉRIEN

La carte de l'Algérie

Voici la carte de l'Algérie et des pays voisins, pourriez-vous, à l'aide d'un atlas, replacer les différents noms sur les numéros indiqués ?

Alger	Saïda	Libye
Batna	Sétif	Mali
Constantine	Tamanrasset	Maroc
Médéa	Kabylie	Mauritanie
Mostaganem	Les Aurès	Niger
Oran	Sahara	Tunisie

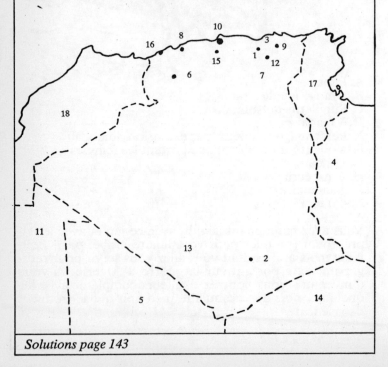

Solutions page 143

Un peu d'histoire

Avant de découvrir le « dossier Algérien », seriez-vous capable de répondre, sans vous tromper, à ces questions ?

1. *En quelle année l'Algérie a-t-elle été déclarée indépendante ?*
A. 1958 - B. 1962 - C. 1964

2. *Qui était alors le président de la République en France ?*
A. Guy Mollet - B. Pierre Mendès France - C. Charles de Gaulle

3. *Depuis quand ?*
A. 1945 - B. 1958 - C. 1961

4. *Sous quelle république était la France au début de la guerre ?*
A. IIIe - B. IVe - C. Ve

5. *En quelle année fut proclamée la Ve République ?*
A. 1945 - B. 1958 - C. 1964

Solutions page 143

Les noms de l'Algérie contemporaine

Depuis l'indépendance, des noms de ville ont changé en Algérie, plus conformes à la tradition arabe. Saurez-vous faire correspondre les noms anciens et les noms actuels ? (Pour vous aider, les dictionnaires seront bien utiles)

A. El-Djezaïr	Alger
B. Wahran	Bône
C. Qacentina	Bougie
D. Annaba	Constantine
E. Skikda	Medea
F. Tilimsen	Oran
G. Ech-Cheliff	Orléansville
H. Bejaia	Philippeville
J. Lemdiyya	Tlemcen

Solutions page 143

Quelques dates

XVIe au IXe siècle av. J.-C. : le Sahara s'assèche et se vide de ses populations (les Berbères) qui s'établissent aux abords de la mer.

Vers 1250 av. J.-C. : domination carthaginoise

202 à 46 av. J.-C. : début de la domination romaine

429 apr. J.-C. : invasion vandale

533 : domination byzantine

680 : débuts de la conquête arabe (résistance berbère jusqu'au début du XIIIe siècle)

1535 : déroute de Charles Quint devant Alger

XVIIe siècle : plusieurs expéditions françaises contre Alger et les côtes algériennes, paix signée pour 100 ans en 1684

1708 : les Turcs prennent Oran ; en fait, depuis 1659 des janissaires turcs détiennent le pouvoir en Algérie

Début XIXe siècle : à la suite d'une histoire de dettes impayées par la France, rupture des relations diplomatiques et blocus des côtes d'Algérie (1827)

1830 : début de la conquête française achevée en 1848. Premier peuplement européen

1853-1858 : soumission de la Kabylie

1871 : accélération du peuplement européen

Après les années 1920 : premiers mouvements nationalistes algériens

1943 : premier manifeste du peuple algérien de Ferhat Abbas

1945 : soulèvement dans le Constantinois

Septembre 1954 : séisme à Orléansville

31 octobre-1er novembre 1954 : début du soulèvement algérien

Octobre-novembre 1954 : 70 attentats qui marquent le début de la guerre d'Algérie

© J.-L. Charmet

Quelques dates de la guerre d'Algérie

1955 : état d'urgence, insurrection généralisée : 171 civils français égorgés, représailles : 1 273 musulmans exécutés, les deux communautés sont ouvertement en guerre. Quadrillage de l'Algérie, nombreux attentats

1957 : bataille d'Alger, la résistance algérienne est anéantie à Alger. Nouveaux attentats, fermeture des frontières (avec le Maroc en 1956, avec la Tunisie en 1958).

1958 en France : proclamation de la Ve République après le retour au pouvoir du général de Gaulle, nouveau chef de l'État. Le 2 juin 1958, il est investi des pleins pouvoirs.

1958 : renforcement de la guerre, réactions des Européens à Alger ; de Gaulle, à Alger, en juin, prononce son fameux « *Je vous ai compris* » (les Européens croient qu'il est pour l'Algérie française), à Mostaganem, il prononce les termes d'« *Algérie française* » et il a l'appui de l'armée. De Gaulle, au pouvoir, annonce la « *paix des braves* » en novembre.

1959-1960 : en même temps, opérations victorieuses de l'armée française et début de négociations avec le F.L.N., on parle d'autodétermination, puis de référendum. Réactions violentes des Européens d'Algérie.

1961 : référendum sur l'autodétermination : le *oui* l'emporte. Annonce des pourparlers d'Evian entre le gouvernement français et le F.L.N.

Avril 1961 : Putsch des généraux d'Alger partisans de l'Algérie française : réaction du gouvernement, le putsch échoue.

Mai 1961 : ouverture de la conférence d'Evian.

Mars 1962 : cessez-le-feu (signature des accords d'Evian). L'O.A.S. (pro-Algérie française) organise des attentats, cherche à provoquer un soulèvement des Européens, puis pratique la politique de la terre brûlée. Fusillade de la rue d'Isly, à Alger, où la troupe tire sur une manifestation d'Européens partisans de l'Algérie française.

Juin 1962 : cessez-le-feu entre l'O.A.S. et le F.L.N. en juin. Pont aérien pour les rapatriés.

5 juillet 1962 : indépendance de l'Algérie. Massacre de 1 500 pieds-noirs à Oran. Début de l'été : panique et départ des rapatriés (plus d'un million)

25 septembre 1962 : proclamation de la République algérienne. Plus de 50 000 musulmans exécutés pour collaboration avec la France.

Le bilan de la guerre en victimes
(du 1-11-54 au 19-3-62)

La guerre d'Algérie a commnencé par une révolte qui a éclaté dans la nuit du 31 octobre au 1er novembre 1954. Il faut attendre le 18 mars 1962 pour que soient signés les « accords d'Evian », qui consacrent l'indépendance de l'Algérie. Même si les combats ont été d'un type particulier (actes de terrorisme, affrontements sporadiques sans confrontation généralisée), ce fut une véritable guerre (ce qu'on appelle une « guerre d'indépendance »), et le nombre des victimes le prouve :

Bilan en Algérie

Dans l'armée française : 24 616 morts - 1 000 disparus ou prisonniers

Dans l'A.L.N. : 158 000 morts (141 000 au combat, environ 15 000 victimes des purges, 2 000 tués par les armées marocaine et tunisienne)

Pertes civiles : 2 788 Européens et 16 378 musulmans tués ; 2 500 Européens et plus de 50 000 musulmans disparus
(150 000 civils auraient été abattus par l'A.L.N. après le cessez-le-feu)

Argumentez sur la guerre d'Algérie

En utilisant l'ensemble du livre, et en particulier les p. 80-82 et 113-114, en vous servant de ce dossier et, au besoin, en faisant vous-même une recherche sur cette guerre (C.D.I., interviews, films, etc.), vous pouvez constituer un dossier comprenant :

1. L'histoire de la colonisation à partir de 1830 jusqu'en 1962.

2. Les arguments tendant à prouver que l'Algérie devait ou pouvait rester française

3. Les arguments prouvant le contraire et plaidant en faveur de l'indépendance algérienne.

Après avoir rédigé ce dossier (seul ou à quelques-uns), vous pouvez prendre vous-même position sur cet épisode terrible de l'histoire.

Enfin, essayez de définir la position de l'auteur, Jean-Paul Nozière, face à la guerre d'Algérie.

Article de presse

Article paru dans Le Monde *du 18 mars 1962 : « De "L'Algérie, c'est la France" à l'indépendance »*

Lorsque la rébellion algérienne – elle ne devait être baptisée officiellement « guerre » qu'en 1957 – éclata le 1ᵉʳ novembre 1954, nul n'imaginait en France qu'elle s'achèverait sept ans et cinq mois plus tard par la reconnaissance négociée de l'indépendance de l'Algérie.

Deux régimes, trois législatures et huit gouvernements ont jalonné le long cheminement qui a conduit le pays de l'Algérie française à l'Algérie indépendante. Chaque étape a duré environ deux ans.

1954-1956 : l'intégrité de la République

C'est sous le gouvernement Mendès France que la révolte éclate dans la nuit de la Toussaint. Onze jours après, un débat a lieu à l'Assemblée nationale, et le président du conseil déclare : *« l'Algérie, c'est la France »*. Il dit aussi : *« On ne transige pas quand il s'agit de défendre la paix intérieure de la nation et de l'intégrité de la République »*. Pierre Mendès France n'a pas alors d'autre politique que celle du statut de… 1947 assorti de quelques réformes dont le droit de vote aux musulmanes. C'est encore trop. Il est renversé le 5 février 1955.

… Edgar Faure, qui lui succède, reprend la même politique : unité de la métropole et de l'Algérie et respect du statut de 1947 ; il y ajoute le collège unique, que combattent aussitôt les élus européens d'Algérie. Les communistes puis les socialistes réclament de plus en plus fortement des négociations et, l'Assemblée dissoute, la gauche fait sa campagne électorale sur le thème de la *« guerre imbécile et sans issue »* dénoncée par Guy Mollet.

1956-1958 : la personnalité algérienne

Président du conseil le 1ᵉʳ février, Guy Mollet se propose de rétablir la paix et de *« renforcer l'union indissoluble entre l'Algérie et la France métropolitaine »*, mais en même temps *« de respecter la personnalité algé-rienne, de réaliser l'égalité politique totale de tous les habitants de l'Algérie »*, de procéder le plus rapidement possible à des élections libres. Ce programme et le choix du général Catroux comme ministre résident en Algérie lui valent, cinq jours après, d'être l'objet de violentes manifestations à Alger.

Parti pour réaliser l'apaisement chez les musulmans, il revient avec le souci de le rechercher chez les Européens et en charge Robert Lacoste. La perspective a changé : le gouvernement conduit néanmoins deux politiques parallèles : une action militaire, renforcée par l'envoi du contingent et les pouvoirs spéciaux, et d'autre part, d'avril à septembre, une série de conversations secrètes avec le FLN. Elles échouent. Du côté algérien, on réclame la reconnaissance non de l'indépendance, mais du « droit à l'indépendance » : du côté français, on n'offre que celle de la personnalité algérienne.

Tout en proposant le fameux triptyque : *« cessez-le-feu, élections, négociations »*, le gouvernement met à l'étude en septembre, à Paris et à Alger, les *« fondements d'une Algérie nouvelle et pacifiée »*. La crise de Suez survient et le statut n'a pas encore vu le jour lorsque Guy Mollet est renversé en mai 1957. Son successeur, Maurice Bourgès-Maunoury, met en chantier un « projet de loi-cadre », y passe laborieusement tout son été avant d'être lui-même renversé en septembre sur le projet qu'il soumet à l'Assemblée nationale. Une première version instituait un conseil de gouvernement et une Assemblée élue tant au niveau des « territoires » qu'au niveau fédéral à Alger. Ses adversaires y virent une évolution inévitable vers la sécession. Bien qu'édulcorée, la seconde version est repoussée par l'Assemblée. Un troisième texte, encore en retrait et qui ne doit être mis en vigueur que trois mois après le retour au calme, est adopté sous le gouvernement suivant, celui de Félix Gaillard, en novembre 1957. Il ne sera jamais appliqué.

1958-1960 : l'association

La solution politique n'a pratiquement pas progressé depuis quatre ans lorsque, sollicité de constituer le gouvernement après vingt-trois jours de crise, Pierre

Pflimlin se propose de poursuivre l'effort militaire, mais aussi d'offrir le moment venu « des pourparlers en vue d'un cessez-le-feu ». Il avait précisé quelques jours auparavant qu'il fallait le faire à partir d'une situation de force. Néanmoins c'en est trop. Et c'est le 13 mai. La IVe République s'effondre.

Le 13 mai est apparemment la victoire de l'Algérie française et, si mesurés et ambigus qu'ils soient, les propos du général de Gaulle entretiennent cet espoir jusqu'au référendum du 23 septembre 1958. Le *« Je vous ai compris ! »* du 4 juin retentira longtemps comme une promesse avant de lui être porté à charge comme une duperie.

La déclaration du 23 octobre 1958, qui comporte l'appel à la *« paix des braves »*, retient comme base de la solution politique *« la personnalité courageuse de l'Algérie et son association étroite avec la métropole française »*. Le 8 janvier 1959, le jour même où il prend ses fonctions de président de la République, le général de Gaulle destine à cette Algérie *« étroitement associée à la France »* une *« place de choix »* dans l'ensemble formé par la métropole et les républiques africaines.

Pendant neuf mois, la solution politique s'en tiendra là, et le gouvernement cherchera plutôt une issue ou une évolution dans le domaine économique et social (plan de Constantine) et militaire (plan Challe).

Vient enfin la déclaration du 16 septembre 1959, dont les termes, soigneusement pesés, laissent apparaître un tournant décisif, en tout cas une telle préférence. Certes, le chef de l'État donne comme fondement à sa politique l'autodétermination, mais il est clair qu'entre les trois options théoriques qu'il envisage il écarte l'intégration baptisée francisation et la sécession qui ne se confond pas dans son esprit avec l'indépendance, et qu'il ne retient finalement que *« le gouvernement des Algériens par les Algériens »*.

1960-1962 : l'Algérie algérienne et l'indépendance

C'est au dernier jour de la « tournée des popotes », le 4 mars 1960, que le général de Gaulle prononce pour la première fois, comme à la cantonade, l'expression *« l'Algérie algérienne »*.

Comme lors de la déclaration du 16 septembre, on s'empresse à Alger d'indiquer qu'il ne faut pas prendre la formule au pied de la lettre. En fait, la formule et la politique qu'elle implique ne cessera plus de développer ses virtualités et ses effets.

Le 4 novembre 1960, le général de Gaulle affirme que « *l'Algérie aura son gouvernement, ses institutions et ses lois* » ; il glisse même les deux mots explosifs, la « *République algérienne* », pour dire que, si elle n'a encore jamais existé, « *elle existera un jour* ».

Un mois après, son voyage en Algérie est accompagné de violentes manifestations européennes, puis de contre-manifestations musulmanes aux cris d'Algérie algérienne ou musulmane. Nul ne peut plus entretenir de doute sur la politique algérienne, et c'est à cette époque que se nouent les premiers contacts en vue d'un putsch militaire en Algérie.

Tandis que les deux parties affirment publiquement leur volonté de négocier et que des conversations ont commencé en secret, le général de Gaulle apporte un développement nouveau à sa politique. Le 11 avril, il se dit persuadé que l'Algérie sera un État souverain, « *au-dedans et au-dehors* ». Le putsch a lieu dix jours après pour tenter de sauver, d'imposer, l'Algérie française.

Enfin, pour la première fois, le 11 juillet, le président de la République déclare que la France accepte « *un État algérien indépendant* » ; « *un État souverain et indépendant* », confirmera-t-il le 2 octobre. « *L'association* » avec la France, qui reste la contrepartie de l'indépendance, devient cependant « *coopération* ». Faute de quoi il y aura « *dégagement* ».

En sept ans (du 1er novembre 1954 au 2 octobre 1961), la solution politique s'est précisée peu à peu, s'est imposée en dépit des prudences verbales, des refus de principe, des crises politiques et des coups de force.

Jacques Fauvet,
© *Le Monde*

3
SOLUTIONS DES JEUX

Êtes-vous, ou serez-vous, un citoyen engagé ?
(p. 117)

Si vous avez une majorité de Δ : vous êtes en effet extrêmement sensible aux injustices et à la politique, vous rêvez parfois même de vous engager aux côtés de ceux qui se battent pour les idées que vous défendez. Certains vous reprochent votre engagement. Vous vous renseignez souvent sur la situation des autres hommes, de ceux qui souffrent et qui luttent. Vous voilà un futur citoyen conscient de ses devoirs, et même si vous risquez de faire souffrir vos parents par vos actions et votre impatience, comment vous le reprocher ?

Si vous avez une majorité de ☐ : vous avez parfois quelques difficultés à vous intéresser au monde qui vous entoure, mais vous restez conscient qu'il existe, c'est déjà ça. Il est pourtant possible que vous réagissiez lorsqu'une situation vous met en demeure de le faire, car vous avez du courage.

Si vous avez une majorité de ○ : vous vivez généralement dans un univers dans lequel la politique et les problèmes de vos contemporains ne comptent pas. Pourvu qu'ils restent loin de vous, vous ne ferez pas grandchose pour eux. Ouvrez les yeux !

Dix questions pour commencer
(p. 119)

1 : A (p. 9) - 2 : C (p. 9) - 3 : B (p. 14) - 4 : A (p. 27) - 5 : C (p. 17) - 6 : C (p. 45) - 7 : B (p. 38) - 8 : A (p. 53) - 9 : B (p. 55) - 10 : C (p. 66)

Si vous avez de 8 à 10 bonnes réponses : vous avez lu cette première partie sans en perdre un mot et vous êtes aussi inquiet que les personnages principaux. Vous allez donc vivre de très près, comme Salim, la suite de cette guerre.

Si vous avez de 4 à 7 bonnes réponses : vous avez lu le texte parfois de loin, mais l'ensemble est compris. Cependant, sachez que l'on suit d'autant mieux un roman que l'on retient les détails.

Si vous avez moins de 4 bonnes réponses : vous vous sentez bien loin de l'Algérie et de ses combats... Apprenez à les connaître !

Tayeb, Salim et M. Edmond
(p. 122)

L'attitude de Tayeb est soumise (voir p. 24)
La phrase est : « Oui, monsieur Edmond »

L'affrontement des Horaces et des Curiaces
(p. 123)

Tragédie classique : *Horace* de Corneille
D'autres œuvres : entre autres, *Sa majesté des mouches* de William Golding, *L'Ami retrouvé* de Fred Uhlman.

Premier petit vocabulaire d'arabe
(p. 125)

1 : J - 2 : A - 3 : D - 4 : B - 5 : E - 6 : H - 7 : F - 8 : C - 9 : G - 10 : I

Dix questions pour conclure
(p. 125-126)

1 : C (p. 69) - 2 : A (p. 73) - 3 : B (p. 75) - 4 : C (p. 75) - 5 : B (p. 76) - 6 : C (p. 79) - 7 : A (p. 84) - 8 : A. (p. 88) - 9 : B (p. 99) - 10 : B (p. 114)

Si vous avez de 8 à 10 bonnes réponses : vous avez suivi de près la rupture entre Paul et Salim. C'est bien. Lisez vite d'autres livres sur l'Algérie qui vous attendent.

Si vous avez de 4 à 7 bonnes réponses : êtes-vous sûr d'avoir tout compris ? Reprenez les dernières pages.

Si vous avez moins de 4 bonnes réponses : n'avez-vous pas été indisposé par le soleil et la cruauté de cette guerre ?

Avant le drame
(p. 128)

Ceux qui veulent que la situation s'arrange : M. Edmond, Tayeb

Ceux qui pensent que rien ne peut s'arranger :
Mme Barine mère, Lakdar
Ceux qui hésitent encore : Paul, Salim
Celui (ou celle) qui est extérieur à la question : Solange

Les couleurs du drapeau algérien
(p. 129)

1 : C - 2 : B - 3 : A - 4 : D

Pourquoi attaquer la ferme Barine ?
(p. 129)

Les deux principaux arguments avancés par Rachid
sont : A. et D.

Second petit vocabulaire arabe
(p. 131)

1 : C - 2 : G - 3 : J - 4 : B - 5 : E - 6 : I 7 : D - 8 : H - 9 : F -
10 : A

La carte de l'Algérie
(p. 132)

1 : Sétif - 2 : Tamanrasset - 3 : Kabylie - 4 : Libye -
5 : Mali - 6 : Saïda - 7 : Les Aurès - 8 : Mostaganem -
9 : Constantine - 10 : Alger - 11 : Mauritanie -
12 : Batna - 13 : Sahara - 14 : Niger - 15 : Médéa -
16 : Oran - 17 : Tunisie - 18 : Maroc

Un peu d'histoire
(p. 133)

1 : B - 2 : C - 3 : B - 4 : B - 5 : B

Les noms de l'Algérie contemporaine
(p. 133)

A : Alger - B : Oran - C : Constantine - D : Bône -
E : Philippeville - F : Tlemcen - G : Orléansville -
H : Bougie - I : Medea

Si vous avez le goût de l'aventure
Ouvrez la caverne aux merveilles
et découvrez
des classiques de tous les temps
et de tous les pays

dans la collection FOLIO **JUNIOR**

Les « classiques »... de vieux bouquins poussiéreux, dont le nom seul évoque des dictées hérissées
de pièges grammaticaux perfides et des rédactions
rébarbatives ? Pas du tout ! Avec les classiques, tout
est possible : les animaux parlent, une grotte mystérieuse s'ouvre sur un mot magique, un homme vend
son ombre au diable, un chat ne laisse dans l'obscu-
rité des feuillages que la lumière ironique de son sourire ; on s'y préoccupe de trouver un remède contre la
prolifération des baobabs et la mélancolie des roses ;
les sous-préfets y font l'école buissonnière, les cheva-
liers ne sont pas toujours sans peur et sans reproche,
on s'y promène autour du monde et vingt mille lieues
sous les mers...